7 Melhores Contos

Escritoras Brasileiras e Portuguesas

Tacet Books

7 Melhores Contos

Escritoras Brasileiras e Portuguesas

Editado por
August Nemo

EDITOR August Nemo
CAPA E PROJETO GRÁFICO Mayra Falcini
MARKETING Horacio Corral

Dados Internacionais de Catalogação na Publicação (CIP)

Nemo, August (org)
N436 7 Melhores Contos - Escritoras Brasileiras e Portuguesas
/ August Nemo (org) – São Paulo, SP: Tacet Books, 2021.
80 p. : 14 x 21 cm

ISBN 978-65-89575-23-8

1. Literatura brasileira.

CDD 869

Tacet Books
Feito em silêncio
Para mentes barulhentas

www.tacetbooks.com
tacet.books@gmail.com

Sumário

A ESCRAVA

Maria Firmina dos Reis

Em um salão onde se achavam reunidas muitas pessoas distintas, e bem colocadas na sociedade e depois de versar a conversação sobre diversos assuntos mais ou menos interessantes, recaiu sobre o elemento servil.

O assunto era por sem dúvida de alta importância. A conversação era geral; as opiniões, porém, divergiam. Começou a discussão.

- Admira-me, disse uma senhora, de sentimentos sinceramente abolicionistas; faz-me até pasmar como se possa sentir, e expressar sentimentos escravocratas, no presente século, no século dezenove! A moral religiosa, e a moral cívica aí se erguem, e falam bem alto esmagando a hidra que envenena a família no mais sagrado santuário seu, e desmoraliza, e avilta a nação inteira!

Levantai os olhos ao Gólgota, ou percorrei-os em torno da sociedade, e dizei-me:

Para que se deu em sacrifício, o Homem Deus, que ali exalou seu derradeiro atento? Ah!

Então não era verdade que seu sangue era o resgate do homem! É então uma mentira abominável ter esse sangue comprado a liberdade!? E depois, olhai a sociedade... Não verdes que a corrói constantemente!... Não sentis a desmoralização que a enerva, o cancro que a destrói?

Por qualquer modo que encaremos a escravidão, ela é, e sempre será um grande mal. Dela a decadência do comércio; porque o comércio, e a lavoura caminham de mãos dadas, e o escravo não pode fazer florescer a lavoura; porque o seu trabalho é forçado. Ele não tem futuro; o seu trabalho não é indenizado; ainda dela nos vem o opróbrio, a vergonha; porque de fronte altiva e desassombrada não podemos encarar as nações livres; por isso que o estigma da escravidão, pelo cruzamento das raças, estampa-se na fronte de todos nós. Embalde procurará um dentro nós convencer ao estrangeiro que em suas veias não gira uma só gota de sangue escravo...

E depois, o caráter que nos imprime, e nos envergonha!

O escravo é olhado por todos como vítima - e o é.

O senhor, que papel representa na opinião social?

O senhor é o verdugo - e esta qualificação é hedionda.

Eu vou narrar-vos, se me quiserdes prestar atenção, um fato que ultimamente se me deu. Poderia citar-vos uma infinidade deles; mas este basta, para provar o que acabo de dizer sobre o algoz e a vítima.

E ela começou:

- Era uma tarde de agosto, bela com um ideal de mulher, poética como um suspiro de virgem, melancólica, e suave como sons longínquos de um alaúde misterioso.

Eu cismava embevecida na beleza natural das alterosas palmeiras, que se curvavam gemebundas, ao sopro do vento, que gemia na costa.

E o sol, dardejando seus raios multicores, pendia para o ocaso em rápida carreira.

Não sei que sensações desconhecidas me agitavam, não sei!... mas sentia-me com disposições para o pranto.

De repente uns gritos lastimosos, uns soluços angustiados feriram-me os ouvidos, e uma mulher correndo, e em completo desalinho passou por diante de mim, e como uma sombra desapareceu.

Segui-a com a vista. Ela espavorida, e trêmula, deu volta em torno de uma grande moita de murta, e colando-se no chão nela se ocultou.

Surpresa com a aparição daquela mulher, que parecida foragida, daquela mulher que um minuto antes quebrara a solidão com seus ais lamentosos, com gemidos magoados, com gritos de suprema angústia, permaneci com a vista alongada e olhar fixo no lugar que a vi ocultar-se.

Ela muda, e imóvel, ali quedou-se.

Eu então a mim mesma, interroguei: Quem será a desditosa?

Ia procurá-la - coitada! Uma palavra de animação, um socorro, algum serviço, lembrei-me, poderia prestar-lhe. Ergui-me.

Mas no momento mesmo em que este pensamento, que acode a todo homem em idênticas circunstâncias, se me despertava, um homem apareceu no extremo oposto do caminho.

Era ele de cor parda, de estatura elevada, largas espáduas, cabelos negros, e anelados.

Fisionomia sinistra era a desse homem, que brandia, brutalmente, na mão direita um azorrague repugnante; e da esquerda deixava pender uma delgada corda de linho.

- Inferno! Maldição! Bradava ele, com voz rouca. Onde estará ela? E perscrutava com a vista por entre os arvoredos desiguais que desfilavam à margem da estrada.

- Tu me pagarás - resmungava ele. E aproximando-se de mim:

Não viu, minha senhora, interrogou com acento, cuja dureza procurava reprimir -, não viu por aqui passar uma negra, que me fugiu das mãos ainda há pouco? Uma negra que se finge douda... Tenho as calças rotas de correr atrás dela por estas brenhas, já não tenho fôlego.

Aquele homem de aspecto feroz era o algoz daquela pobre vítima, compreendi com horror.

De pronto tive um expediente. - Vi-a, tornei-lhe com a naturalidade que o caso exigia; - vi-a, e ela também me viu, corria em direção a este lugar; mas parecendo intimidar-se com a minha presença, tomou direção oposta, volvendo-se repentinamente sobre seus passos. Por fim a vi desaparecer, internando-se na espessura, muito além da senda que ali se abre.

E dizendo isto indiquei-lhe com um aceno a senda que ficava a mais de cem passos de distância , aquém do morro em que me achava.

Minhas palavras inexatas, o ardil de que me servi, visavam a fazê-lo retroceder: logrei o meu intento.

Franziu o sobrolho, e sua fisionomia traiu a cólera que o assaltou. Mordeu os beiços e rugiu:

- Maldita negra! Esbaforido, consumido, a meter-me por estes caminhos, pelos matos a procura da preguiçosa... Ora! Hei de encontrar-te; mas, deixa estar, eu te juro, será esta derradeira vez que me incomodas. No tronco... no tronco: e de lá foge!

Então, perguntei-lhe, aparentando o mais profundo indiferentismo, pela sorte da desgraçada, - foge sempre?

- Sempre, minha senhora. Ao menor descuido foge. Quer fazer acreditar que é douda.

- Douda! Exclamei involuntariamente, e com acento que traía os meus sentimentos.

Mas o homem do azorrague não pareceu reparar nisso, e continuou:

- Douda... douda fingida, caro te há de custar.

Acreditei-o o senhor daquela mísera; mas empenhada em vê-lo desaparecer daquele lugar, disse-lhe:

- A noite se avizinha, e se a deixa ir mais longe, difícil lhe será encontrá-la.

- Tem razão, minha senhora; eu parto imediatamente, e cumprimentando-me rudemente, retrocedeu correndo a mesma estrada que lhe tinha maliciosamente indicado.

Exalei um suspiro de alívio, ao vê-lo desaparecer na dobra do caminho.

O sol de todo sumia-se na orla cinzenta do horizonte, o vento paralisado não agitava as franças dos anosos arvoredos, só o mar gemia ao longe da costa, semelhando o arquejar monótono de um agonizante.

Ergui ao céu um voto de gratidão; e lembrei-me que era tempo de procurar minha desditosa protegida.

Ergui-me cônscia de que ninguém me observava, e acercava-me já da moita de murta, quando um homem rompendo a espessura, apareceu ofegante, trêmulo e desvairado.

Confesso que semelhante aparição causou-me um terror imenso. Lembrei-me dos criados, que eu tinha convocado a essa hora naquele lugar, e que ainda não chegavam. Tive medo.

Parei! Instantemente, e fixei-o. Apesar do terror que me havia inspirado, fixei-o resolutamente.

De repente serenou o meu terror; olhei-o, e do medo, passei à consideração, ao interesse.

Era quase uma ofensa ao pudor fixar a vista sobre aquele infeliz, cujo corpo seminu mostrava-se coberto de recentes cicatrizes; entretanto sua fisionomia era franca, e agradável. O rosto negro, e descarnado; suposto seu juvenil aspecto aljofarado de copioso suor, seus membros alquebrados de cansaço, seus olhos rasgados, ora lânguidos pela comoção de angústia que se lhe pintava na fronte, ora deferindo luz errante, e trêmula, agitada, e incerta traduzindo a excitação, e o terror, tinham um quê de altamente interessante.

No fundo do coração daquele pobre rapaz, devia haver rasgos de amor, e generosidade.

Cruzamos, ele, e eu as vistas e ambos recuamos espavoridas. Eu, pelo aspecto comovente, e triste daquele infeliz, tão deserdado da sorte; ele, por que seria?

Isto teve a duração de um segundo apenas: recobrei o ânimo em presença de tanta miséria, e tanta humilhação, e este ânimo procurei de pronto transmitir-lhe.

Longe de lhe ser hostil, o pobre negro compreendeu que eu ia talvez minorar o rigor de sua sorte; parou instantaneamente, cruzou as mãos no peito, e com voz súplice, murmurou algumas palavras que eu não pude entender.

Aquela atitude comovedora, despertou-me compaixão; apesar do medo que nos causa a presença de um calhambola, aproximei-me dele, e com voz, que vem compreendeu ser protetora e amiga, disse-lhe:

- Quem és, filho? O que procuras?

- Ah! Minha senhora, exclamou erguendo os olhos aos céu, eu procuro minha mãe, que correu nesta direção, fugindo ao cruel feitor, que a perseguia. Eu também agora sou um fugido: porque há uma hora deixei o serviço para procurar minha pobre mãe, que além de douda está quase a morrer. Não sei se ele a encontrou; e o que será dela. Ah! Minha mãe!

É preciso que eu corra, a ver se acho antes que o feitor a encontre. Aquele homem é um tigre, minha senhora, -uma fera.

Ouvia-o, sem o interromper, tanto interesse me inspirava o mísero escravo.

- Amanhã, continuou ele, hei de ser castigado; porque saí do serviço, antes das seis horas, hei de ter trezentos açoites; mas minha mãe morrerá se ele a encontrar. Estava no serviço, coitada! Minha mãe caiu, desfalecida; o feitor lhe impôs que trabalhasse, dando-lhe açoites; ela deitou a correr gritando. Ele correu atrás. Eu corri também, corri até aqui porque foi esta a direção que tomaram. Mas, onde está ela, onde estará ele?

- Escuta, lhe tornei então, tua mãe está salva, salvou-a o acaso; e o feitor está agora bem longe daqui.

- Ah! Minha senhora, onde, onde está a minha mãe e quem a salvou?

- Segue-me, disse eu - tua mãe está ali - e apontei para a moita onde se refugiara.

- Minha mãe, sem receio de ser ouvido, exclamou o filho: minha mãe!...

Com efeito, ali com a fronte reclinada sobre um tronco decepado; e o corpo distendido no chão, dormia um sono agitado a infeliz foragida.

- Minha mãe, gritou-lhe ao ouvido curvando os joelhos em terra, tomando-a nos seus braços. Minha mãe... sou Gabriel...

A esta exclamação de pungente angústia, a mísera pareceu despertar.

Olhou-o fixamente; mas não articulou um som.

- Ah! redarguiu Gabriel, ah! Minha senhora! Minha mãe morre!

Conchegueі-me àquele grupo interessante a fim de prestar-lhe algum serviço. Com efeito, era tempo. Ela era presa dum ataque espasmódico. Estava hirta e parecia prestes a exalar o derradeiro suspiro.

- Não, ela não morre deste ataque; mas é preciso prestar-lhe pronto socorro, disse-lhe.

- Diga, minha senhora, tomou o rapaz na mais pungente ansiedade, que devo fazer?

Volte eu embora à fazenda, seja castigado com rigor; mas não quero, não posso ver minha mãe morrer aqui, sem socorro algum.

- Sossega, disse-lhe, vendo assomar ao morro, donde observavam tudo que acabo de narrar, os meus criados, que me procuravam; - espera, disse-lhe:

- Vou fazer transportar tua mãe, à minha casa, e lhe farei tornar à vida.

- Diga, minha senhora, ordene.

- Não moro presentemente longe daqui. Sabes a distância que vai daqui à praia? Estou nos banhos salgados.

- Sei, sim, senhora, é muito perto. Que devo então fazer?

- Tu, e estes homens - os criados acabavam de chegar - vão transportá-la imediatamente à minha morada, e lá procurarei reanimá-Ia.

- Oh! Minha senhora, que bondade! Foi só o que disse, e, ato contínuo, tomou nos braços a pobre mãe, ainda entregue ao seu dorido paroxismo, e disse:

- Minha senhora, eu só levaria minha mãe ao fim do mundo.

Senti-me tocada de veneração em presença daquele amor filial, tão singelamente manifestado.

- Sigamos então - tornei eu.

Gabriel caminhava tão apressadamente que eu mal podia acompanhá-lo.

Em menos de quinze minutos transpúnhamos o umbral da casinha, que há dois dias apenas eu habitava.

Eu bem conhecia a gravidade do meu ato: - recebia em meu lar dois escravos foragidos, e escravos talvez de algum poderoso senhor; era expor-me à vindita da lei; mas em primeiro lugar o meu dever, e o meu dever era socorrer aqueles infelizes.

Sim, a vindita da lei; lei que infelizmente ainda perdura, lei que garante ao forte o direito abusivo, e execrando de oprimir o fraco.

Mas, deixar de prestar auxílio àqueles desgraçados, tão abandonados, tão perseguidos, que nem para a agonia derradeira, nem para transpor esse tremendo portal da Eternidade, tinham sossego, ou tranquilidade! Não.

Tomei com coragem a responsabilidade do meu ato: a humanidade me impunha esse santo dever.

Fiz deitar a moribunda em uma cama, fiz abrir as portas todas para que a ventilação se fizesse livre e boa, e prestei-lhe os serviços que o caso urgia, e com tanta vantagem, que em pouco recuperou os sentidos.

Olhou em tomo de si, como que espantada do que via, e tomou a fechar os olhos.

Minha mãe!... minha mãe, de novo exclamou o filho.

Ao som daquela voz chorosa, e tão grata, ela ergueu a cabeça, distendeu os braços, e, com voz débil, murmurou:

- Carlos!... Urbano...

- Não, minha mãe, sou Gabriel.

- Gabriel, tornou ela, com voz estridente. É noite, e eles para onde foram?

- De quem fala ela? Interroguei Gabriel, que limpava as lágrimas na coberta da cama de sua mãe.

- É douda, minha senhora; fala de meus irmãos Carlos e Urbano, crianças de oito anos, que meu senhor vendeu para o Rio de Janeiro. Desde esse dia ela endoudeceu.

- Horror! exclamei com indignação, e dor. Pobre mãe!

- Só lhe resto eu, continuou soluçando - só eu... só eu!... Entretanto a enferma pouco a pouco recobrava as forças, a vida, e a razão. Fenômenos da morte, por assim dizer: é luta imponente embora, da natureza, com o extermínio.

- Gabriel? Gabriel - és tu?

- É noite. Eu morro... E o serviço? E o feitor?

- Estás em segurança, pobre mulher, disse-lhe, - tu, e teu filho estão sob a minha proteção. Descansa, aqui ninguém lhes tocará com um dedo.

Como não devem ignorar, eu já me havia constituído então membro da sociedade abolicionista da nossa província, e da do Rio de Janeiro. Expedi de pronto um próprio à capital.

Então ela fixou-me, e em seus olhos brilhou lucidez, esperança, e gratidão.

Sorriu-se e murmurou.

- Inda há neste mundo quem se compadeça de um escravo?

- Há muita alma compassiva, retorqui-lhe, que se condói do sofrimento de seu irmão.

Naquela hora quase suprema, a infeliz exclamou com voz distinta:

- Não sabe, minha senhora, eu morro, sem ver mais meus filhos! Meu senhor os vendeu... eram tão pequenos... eram gêmeos. Carlos, Urbano...

Tenho a vista tão fraca... é a morte que chega. Não tenho pena de morrer, tenho pena de deixar meus filhos... Meus pobres filhos!... Aqueles que me arrancaram destes braços... este que também é escravo!...

E os soluços da mãe, confundiram-se por muito tempo, com os soluços do filho.

Era uma cena tocante, e lastimosa, que despedaçava o coração.

Ah! Maldição sobre a opressão! Maldição sobre o escravocrata!

Cheguei-lhe aos lábios o calmante, que a ia sustendo, e ordenei a Gabriel fosse tomar algum alimento. Era preciso separá-los.

- Quem é vossemecê, minha senhora, que tão boa é pra mim, e para meu filho? Nunca encontrei em vida um branco que se compadecesse de mim; creio que Deus me perdoa os meus pecados, e que já começo a ver seus anjos.

- E quem é esse senhor tão mau, esse senhor que te mata?

- Então, minha senhora, não conhece o senhor Tavares, do Cajuí?

- Não, tomei-lhe com convicção: estou aqui apenas há dois dias, tudo me é estranho: não o conheço. É bom que colha algumas informações dele: Gabriel mas dará.

- Gabriel! Disse ela - não. Eu mesma. Ainda posso falar. E começou:

- Minha mãe era africana, meu pai de raça índia; mas eu de cor fusca. Era livre, minha mãe era escrava.

Eram casados e desse matrimônio, nasci eu. Para minorar os castigos que este homem cruel infligia diariamente à minha pobre mãe, meu pai quase consumia seus dias ajudando-a nas suas desmedidas tarefas; mas ainda assim, redobrando o trabalho, conseguiu um fundo de reserva em meu benefício.

Um dia apresentou a meu senhor a quantia realizada, dizendo que era para o meu resgate. Meu senhor recebeu a moeda sorrindo-se - tinha eu cinco anos - e disse: A primeira vez que for à cidade trago a carta dela. Vai descansado.

Custou a ir à cidade; quando foi demorou-se algumas semanas, e quando chegou entregou a meu pai uma folha de papel escrita, dizendo-lhe:

- Toma, e guarda, com cuidado, é a carta de liberdade de Joana. Meu pai não sabia ler; de agradecido beijou as mãos daquela fera. Abraçou-me, chorou de alegria, e guardou a suposta carta de liberdade.

Então furtivamente eu comecei a aprender a ler, com um escravo mulato, e a viver com alguma liberdade.

Isso durou dois anos. Meu pai morreu de repente, e no dia imediato meu senhor disse a minha mãe:

- Joana que vá para o serviço, tem já sete anos, e eu não admito escrava vadia.

Minha mãe, surpresa, e confundida, cumpriu a ordem sem articular uma palavra.

Nunca a meu pai passou pela ideia, que aquela suposta carta de liberdade era uma fraude; nunca deu a ler a ninguém; mas, minha mãe, à vista do rigor de semelhante ordem, tomou o papel, e deu-o a ler, àquele que me dava as lições. Ah! Eram umas quatro palavras sem nexo, sem assinatura, sem data! Eu também a li, quando caiu das mãos do mulato. Minha pobre mãe deu um grito, e caiu estrebuchando.

Sobreveio-lhe febre ardente, delírios, e três dias depois estava com Deus.

Fiquei só no mundo, entregue ao rigor do cativeiro.

Aqui ela interrompeu-se; agitou-lhe os membros um tremor convulso. A morte fazia os seus progressos. De novo cheguei-lhe aos lábios a colher do calmante, que lhe aplicava, e pedi-lhe, não revocasse lembranças dolorosas que a podiam matar.

- Ah! Minha senhora, começou de novo, mais reanimada - apadrinhe Gabriel, meu filho, ou esconda-o no fundo da terra; - olhe se ele for preso, morrerá debaixo do açoite, como tantos outros, que meu senhor tem feito expirar debaixo do azorrague! Meu filho acabará assim.

- Não, não há de acabar assim, - descansa. Teu filho está sob minha proteção, e qualquer que seja a atitude que possa assumir esse homem, que é teu senhor, Gabriel não voltará mais ao seu poder.

Ela recolheu-se por algum tempo, depois tomando-me as mãos, beijou-as com reconhecimento.

- Ah! Se pudesse, nesta hora extrema ver meus pobres filhos, Carlos e Urbano!... Nunca mais os verei!

Tinham oito anos.

Um homem apeou-se à porta do Engenho, onde juntos trabalhavam meus pobres filhos - era um traficante de carne humana. Ente abjeto, e sem coração! Homem a quem as lágrimas de uma mãe não podem comover, nem comovem os soluços do inocente.

Esse homem trocou ligeiras palavras com meu senhor, e saiu.

Eu tinha o coração opresso pressentia uma nova desgraça...

A hora permitida ao descanso, concheguei a mim meus pobres filhos, extenuados de cansaço, que logo adormeceram. Ouvi ao longe rumor, como de homens que conversavam. Alonguei os ouvidos; as vozes se aproximavam. Em breve reconheci a voz do senhor. Senti palpitar desordenadamente meu coração; lembrei-me do traficante... Corri para meus filhos, que dormiam, apertei-os ao coração. Então senti um zumbido nos ouvidos, fugiu-me a luz dos olhos e creio que perdi os sentidos.

Não sei quanto tempo durou este estado de torpor; acordei aos gritos de meus pobres filhos, que me arrastavam pela saia, chamando-me: mamãe! Mamãe!

Ah! minha senhora! abriu os olhos. Que espetáculo! Tinham metido adentro a porta da minha pobre casinha, e nela penetrado meu senhor, o feitor, e o infame traficante. Ele, e o feitor arrastavam sem coração, os filhos que se abraçavam a sua mãe.

Gabriel entrava nesse momento. Basta, minha mãe, disse-lhe, vendo em seu rosto debuxados todos os sintomas de uma morte próxima.

- Deixa concluir, meu filho, antes que a morte me cerre os lábios para sempre... deixa-me morrer amaldiçoando os meus carrascos.

- Por Deus, por Deus, gritei eu, tornando a mim, por Deus, levem-me com meus filhos!

- Cala-te! gritou meu feroz senhor. - Cala-te ou te farei calar.

- Por Deus, tornei eu de joelhos, e tomando as mãos do cruel traficante: - meus filhos!... meus filhos!

Mas ele dando um mais forte empuxão, e ameaçando-os com o chicote, que empunhava, entregou-os a alguém que os devia levar...

Aqui a mísera calou-se; eu respeitei o seu silêncio que era doloroso, quando lhe ouvi um arranco profundo, e magoado: Curvei-me sobre ela. Gabriel ajoelhou-se, e juntos exclamamos:

- Morta!

Com efeito tinha cessado de sofrer. O embate tinha sido forte demais para suas débeis forças.

A lua percorria melancólica e solitária os páramos do céu, e cortava com uma fita de prata as vagas do oceano.

No mesmo instante, um homem assomou à porta. Era o homem do azorrague que eles intitulavam de feitor; era aquele homem de fisionomia sinistra e terrível, que me interpelara algumas horas antes, acerca da infeliz foragida; e este homem aparecia agora mais hediondo ainda, seguido de dois negros, que, como ele, pararam à porta.

- Que pretende o senhor? Perguntei-lhe. Pode entrar.

O pobre Gabriel refugiou-se trêmulo, ao canto mais escuro da casa.

- Anda, Gabriel, disse-lhe com voz segura, continua a tua obra, e voltando-me para o feitor, acrescentei:

Eu, e este desolado filho, ocupamo-nos em cerrar os olhos à infeliz, a quem o cativeiro, e o martírio despenharam tão depressa na sepultura.

Comovidos em presença da morte, os dois escravos deixaram pender a fronte no peito; o próprio feitor, ao primeiro ímpeto, teve um impulso de homem: mas, recompondo de pronto na rude, e feroz fisionomia, disse-me:

- É hoje a segunda vez que a encontro, minha senhora, entretanto, não sei ainda a quem falo. Peço-lhe que me diga o seu nome, para que eu conheça o patrão, o senhor Tavares. É escandalosa, minha senhora, a proteção que dá a estes escravos fugidos.

Estas palavras inconvenientes mereceram o meu desdém; não lhe retorqui.

O meu silêncio lhe deu maior coragem, e, fazendo-se insolente, continuou:

- A senhora coadjuvou a mãe em sua fuga; acabou aqui, mais tarde saberemos de quê. Pretenderá também coadjuvar o filho?

É já o que havemos de ver!...

João, Félix! E com um aceno indicou-lhes o que deviam fazer.

Gabriel, que ao meu chamado voltara para junto do cadáver de sua mãe, sentindo que o vinham prender, levantou-se espavorido, sem saber o que fazer.

- Detém-te! Lhe gritei eu. Estás sob a minha imediata proteção; e voltando-me para o homem do azorrague, disse-lhe:

- Insolente! Nem mais uma palavra. Vai-te, diz a teu amo, - miserável instrumento de um escravocrata; diz a ele que uma senhora recebeu em sua casa uma mísera escrava, louca porque lhe arrancaram dos braços dois fIlhos menores, e os venderam para o Sul; uma escrava moribunda; mas ainda assim perseguida por seus implacáveis algozes.

Vai-te, e entrega-lhe este cartão: aí achará o meu nome.

Vai, e que nunca mais nos tornemos a ver.

Ele mordeu os beiços para tragar o insulto, e desapareceu.

No dia seguinte, era já de tarde, estava quase a desfilar o saimento da infeliz Joana, quando à porta da minha casinha, vi apear-se um homem. Era o senhor Tavares.

Cumprimentou-me com maneiras da alta sociedade, e disse-me:

- Desculpe-me, querida senhora, se me apresento em sua casa, tão brusca e desazadamente; entretanto...

- Sem cerimônia, senhor, disse-lhe, procurando abreviar aqueles cumprimentos que me incomodavam.

Sei o motivo que aqui o trouxe, e podemos, se quiser encetar já o assunto.

Custava-me, confesso, estar por longo tempo em comunicação com aquele homem, que encarava sua vítima, sem consciência, sem horror.

- Peço-lhe mil desculpas, se a vim incomodar.

- Pelo contrário, retorqui-lhe. O senhor poupou-me o trabalho de o ir procurar.

- Sei que esta negra está morta, exclamou ele, e o filho acha-se aqui: tudo isto teve a bondade de comunicar-me ontem. Esta negra, continuou, olhando fixamente para o cadáver -

esta negra era alguma coisa monomaníaca, de tudo tinha medo, andava sempre foragida, nisto consumiu a existência. Morreu, não lamento esta perda; já para nada prestava. O Antônio, meu feitor, que é um excelente e zeloso servidor, é que se cansava em procurá-la. Porém, minha senhora, este negro! - designava o pobre Gabriel, com este negro a coisa muda de figura: minha querida senhora, este negro está fugido: espero, mo entregará, pois sou o seu legítimo senhor, e quero corrigi-lo.

- Pelo amor de Deus, minha mãe, gritou Gabriel, completamente desorientado - minha mãe, leva-me contigo.

- Tranquiliza-te, lhe tornei com calma; não te hei já dito que te achas sob a minha proteção? Não tem confiança em mim?

Aqui o senhor Tavares encarou-me estupefato - e depois perguntou-me:

- Que significam essas palavras, minha querida senhora? Não a compreendo.

- Vai compreender-me, retorqui, apresentando-lhe um volume de papéis subscritados e competentemente selados.

Rasgou o subscrito, e leu-os. Nunca em sua vida tinha sofrido tão extraordinária contrariedade.

- Sim, minha cara senhora, redarguiu, terminando a leitura; o direito de propriedade, conferido outrora por lei a nossos avós, hoje nada mais é que uma burla...

A lei retrogradou, Hoje protege-se escandalosamente o escravo, contra seu senhor; hoje qualquer indivíduo diz a um juiz de órfãos.

Em troca desta quantia exijo a liberdade do escravo fulano - haja ou não aprovação do seu senhor.

Não acham isto interessante?

- Desculpe-me, senhor Tavares, disse-lhe:

Em conclusão, apresento-lhe um cadáver e um homem livre.

Gabriel ergue a fronte, Gabriel és livre!

O senhor Tavares, cumprimentou, e retrocedeu no seu fogoso alazão, sem dúvida alguma mais furioso que um tigre.

O DOMINÓ PRETO

Florbela Espanca

Havia já mais de oito anos que andava atrás dela. E só agora conseguira que ela se resolvesse a ouvi-lo. Há tantos anos, santo Deus! Ainda ele estava moço na mercearia da Rua dos Olivais, ainda nem sonhava que lhe haviam de dar sociedade na casa, nem tinha amealhado os seis contos de réis que tinha agora na Caixa Geral de Depósitos, já gostava dela, já gostava de a ver passar, pisando no seu passinho grácil e desenvolto a calçada de pedras pontiagudas. Os gritinhos que ela dava quando punha o pé em falso, o pé de boneca calçado de sapatinhos de verniz com saltos de palmo e meio! E quando entrava na loja! O cubículo escuro, sujo, feio, era de repente um grande salão feérico todo cheio de luzes, deslumbrante de asseio, bonito como nenhum. O pobre caixeirito, de mãos deformadas pelas frieiras, de larga cara bonacheirona e ingênua, ridículo no seu fato de cotim de mangas curtas, de cabeleira encrespada e sobrancelhas hirsutas, ficava a olhar para ela, esquecido do que lhe haviam pedido, vendo apenas na sua frente a boca fresca e os olhos gaiatos da rapariguinha risonha que, sem piedade, troçava dele constantemente. Mas que lindo riso o dela! Muito aberto, muito sonoro, enchia a casa de trilos de pássaros, mostrava-lhe os dentes todos muito sãos, muito brancos, e toda branca por dentro, muito cor-de-rosa como a polpa carnuda e sumarenta dum morango acabado de colher numa manhã de Primavera.

No banco da avenida, sob a acácia já cheinha de folhas, noite escura, o Joaquim entretinha-se a passar religiosamente as contas do seu rosário de recordações dos longos anos que passara atrás dela, inutilmente, mendigando sem se cansar um bocadinho de amor que matasse a fome e a sede ao seu corpo de adolescente casto que nunca se atrevera a seguir uma mulher pelas ruas escusas, pelos cantos misteriosos, quando a cidade cúmplice fecha os olhos e finge que dorme.

Sempre gostara daquela, daquela só, e um dia - já lá iam dois anos! - enchera-se de coragem e dissera-lho. A gargalhada que ela lhe dera na cara! Tinha-a ainda nos ouvidos, aquela divertida e escarnecedora gargalhada que lhe fizera chegar as lágrimas aos olhos.

Ele era um pobre diabo, mas queria-a, queria-a como sabem querer os rústicos das suas montanhas, queria-a como todo o ardor dos seus vinte anos, cheios de seiva como um chaparro novo, queria ganhá-la custasse o que custasse, embora tivesse de andar de rastos atrás dela a vida inteira. Tinha tempo! E assim fez: trabalhou sem descanso e sem desalento meses e meses, todos os dias do ano, quer de Inverno quer de Verão, mal luzia o Sol no alto até noite fechada, sem domingos nem dias santos. Mal pago e mal alimentado, mourejou e fez vontades, foi servo de toda a gente, com a tenaz ideia fixa encasquetada a martelo no estúpido bestunto, sem querer saber de mais nada, não dando conta do que ia pelo mundo, do que se passava para além do encardido balcão de pinho, aonde lhe ia correndo a mocidade, agrilhoado ao trabalho como um escravo.

O patrão, com o andar dos tempos deu finalmente por ele, observou-o, e um belo dia, deitando contas ao lucro que podia tirar duma bela ação, mandou-o ensinar a ler. À noite, depois da loja varrida e tudo arrumado, que o patrão não se ensaiava para lhe pregar dois murros bem puxados, o rapazito descia os dois degraus que fazia comunicar a lojeca com a úmida toca onde dormia. Ah, se as paredes pudessem falar! Um coto de vela a arder sobre a única cadeira de pau e, sentado na cama de tábuas, as mãos crispadas nos cabelos rijos, cabelos de fome, a cabeça tonta, doido de sono, o pobre lá ia decifrando as letras, soletrando, juntando as sílabas, estudando a lição para o outro dia, à custa de esforços desesperados e duma força de vontade que nenhuma força poderia vencer. Quando compreendia, a larga cara bonacheirona iluminava-se-lhe num sorriso que, entre aquelas quatro paredes, onde as aranhas teciam tranquilamente as suas teias de seda e prata fosca, era por si só um belo milagre de amor! O manancial de águas claras que na planície vai matar sedes e reverdecer os campos, jorra do seio das duras pedras das montanhas em sítios agrestes, longe e alto!

Uma noite, ao estudar a lição, deu com o nome dela: "Maria". Soletrou-lhe as duas sílabas, de olhos arregalados, boca aberta, num êxtase, e os grossos lábios, subitamente, sem ele saber como, foram pousar-lhe no livro roto e cheio de nódoas, sobre as sílabas mágicas, enquanto as lágrimas lhe saltavam dos olhos e os soluços lhe enchiam o peito. Esteve mais de meia hora a soletrar-lhe o nome: "Ma-ria", a olhar para as letras, sinais cabalísticos que queriam dizer tudo o que ele tinha para dizer, traços que faziam surgir, como varinhas de condão, um mundo de coisas boas, de coisas que ele nem sabia porque eram tão lindas e tão boas!

E assim foram passando os anos. A pouco e pouco foi subindo, juntando dinheiro, à custa de se privar de tudo, de economias insensatas, ia-se matando; mas conseguira juntar os seis contos de réis, que tinha na Caixa, que eram bem dele, só dele, e alcançar sociedade na casa, sociedade que também lhe dava um lucrozinho certo que não era nada para desdenhar...

E o Joaquim ria-se baixinho com um riso feliz, no seu banco da avenida, debaixo da acácia já cheinha de folhas, onde os pardais dormiam muito encostadinhos uns aos outros por causa do frio. Já tinha com que pôr a casa, um quarto ou quinto andar numa casinha acabada de construir, numa rua sossegada e limpa, que ele tinha já debaixo de olho, ali para os lados do rio. E não ficava muito longe da mercearia... poderia ir e vir todos os dias a pé, para poupar o dinheiro do elétrico... Uma mobília de quarto, de guarda-vestidos com portas de espelho... um aparador de pedra mármore... cadeiras de palhinha e um canapé para a sala... uma casa de luxo sólido, de coisas boas, que ele tinha dinheiro e não se importava de o gastar todo. Para a vida, lá se iria ganhando, e nunca haveria de faltar à Maria: o casaco de pelúcia, o seu vestidinho de seda de vez em quando e os sapatos de verniz para sair à rua... Nada! Que ele não a queria ver feita uma pobretona, de xale pelas costas e lenço na cabeça. Havia de ser uma senhora, mais linda e mais bem posta que algumas feitas à pressa que ele via por essas ruas, a fingir que eram grande coisa... A sua Maria havia de ter tudo o que ela quisesse e, para começo, já amanhã lhe iria comprar aqueles brincos compridos de pedras azuis que tinha visto na ourivesaria ao lado e que tão bem deviam ficar-lhe, a baloiçarem-se na pontinha rosada da orelha, naquele gesto que ela fazia com tanta graça, a dizer que "não" e "não", a marota! Sempre, a todos os seus rogos, a todas as suas promessas, a tudo o que fizera para a captar, para a seduzir de há oito anos até... até ontem. Ah, ontem!

E o Joaquim via na noite escura brilhos de lua cheia, escancarava a boca até às orelhas num largo riso silencioso. Ontem!... E o Joaquim fechava os olhos esverdeados que luziam como os de um gato bravo no ardor do desejo, no triunfo de a sentir finalmente conquistada, finalmente muito sua, depois de tantos torvos anos de miséria e de angústia, depois de por ela ter passado fome e frio, depois de a ter querido como sabem querer as almas simples e rudes, na persistência da ideia fixa, invencível e tenaz, encaixada no cérebro branco como silva agarradiça de moita brava.

Ontem!... E o Joaquim via a rua mal iluminada do bairro pobre, a gente que passava afadigada, carregada de embrulhos, gente do povo, gente humilde de volta a casa depois de um dia de fadiga, os elétricos cheios, num grande ruído de ferragens, tim, tim... tim, tim... Ladeira abaixo; via-a a ela, onde luzia o ouro duma medalhinha de Nossa Senhora da Conceição; ouvia-lhe o riso garoto cheio de reticências, evocador de carícias proibidas e desejadas, o riso que às vezes lhe fazia vir à ideia coisas em que seria melhor não pensar.

Pobre rapariga! Ia agora fazer caso das coisas que lhe diziam! Não tinha sido nem uma nem duas vezes que lhe tinham dito mal dela; as referências que lhe faziam não eram nada boas, lá isso não! Que não era séria, que não tinha mesmo juizinho nenhum, que o não queria a ele, mas que talvez quisesse outros, que andava metida com gente de teatro, que mais isto e mais aquilo, enfim, um ror de coisas que às vezes o entristeciam. Nada tinham poupado para lhe fazerem perder aquela cisma, para o arredarem daquele fado em que o viam andar há anos, mas tudo tinha sido em vão. Podia lá acreditar uma coisa daquelas! Mentiras! Más palavras de má gente! Invejas!... E o Joaquim cerrava os punhos num gesto de rancor. A sua vontade era esganar toda aquela gente que dizia mal dela, cortar-lhes a língua aos bocados como a blasfemos sem honra nem vergonha que se atreviam a pôr a boca numa órfã honesta e trabalhadora. Costurava para o teatro, era verdade, e então? É por acaso algum crime trabalhar, ganhar a sua vida, a triste côdea e o direito duma telha que a abrigasse do frio e da chuva?! Gente mais ruim!...

Mas agora, no banco da avenida, deitando para trás das costas os maus pensamentos, o Joaquim era feliz, era amado, estava à espera dela, que tinha prometido vir: "Às dez horas lá estarei, no primeiro banco à direita de quem sobe, um pouco acima do Avenida, lá estarei, espere por mim, sem falta."

Logo ao anoitecer fora para lá, não fosse a ela dar-lhe na cabeça ir mais cedo ou ele ter ouvido mal. Talvez ela tivesse dito às oito horas, já não se lembrava bem. Ele estava como doido! Não era admiração nenhuma ter trocado as horas, ter-se enganado. Ah, ontem!... Sabia ele lá bem de que freguesia era, ao ouvir-lhe dizer, pela primeira vez na sua vida, que sim, que iria falar com ele, combinarem a sua vida, trocarem as suas promessas, falarem de amor. De amor!...

Numa tremura, como se estivesse com uma forte sezão, tateou o banco onde ela, dali a pouco, se sentaria ao lado dele, mãos nas mãos, olhos nos olhos. A sua Maria! Os pensamentos do seu cérebro zumbiam como abelhas ao sol; não podia seguir o fio de nenhuma ideia; era como se tivesse dentro da cabeça um novelo de fio de ouro, emaranhado, num torvelinho, num rodopio, enrolando-se e desenrolando-se, bordando vertiginosamente visões de sonho, demasiado belas, demasiado douradas para que os seus pobres olhos de simples as pudessem ver sem ficar deslumbrados. Pobre morcego de olhos piscos no resplendor dum meio-dia a arder em sol!

Mas já deviam ser horas. É verdade, que horas seriam? Esteve para ali amodorrado, a falar sozinho, sem prestar atenção a coisa alguma, em ricos de ela passar e não a ver. Tateou no bolso do colete o grande relógio de prata. Ao puxar por ele, para ver as horas, as mãos enrodilharam-se-lhe no dominó preto que vestia. Sorriu, satisfeito. Mais um capricho do demônio da rapariga, que era levadinha da breca! De que ela se havia de lembrar? Como era Terça-Feira Gorda...

"Leve um dominó preto, com um laço azul no ombro, para o conhecer. Havemos de nos divertir muito!" E ele fizera-lhe a vontade, pois é claro! Mirou-se complacentemente de alto a baixo: o dominó de setineta preta que lhe chegava quase aos pés, comprido como sotaina de clérigo, o farfalhudo laço de seda azul sobre o ombro... Tal qual ela havia dito...

O Joaquim ria, mas, ao ver as horas, o sorriso gelou-se-lhe repentinamente nos lábios. Teve um sobressalto como de quem acorda com um encontrão. Dez horas e meia! Que estaria ela a fazer que não chegava? Já teria passado? Enquanto estivera para ali a cismar, era capaz de ter passado por ele sem ter dado por isso. Murmurou aflito: valha-me Deus! Levantou-se, lançou em torno um olhar esgazeado. Na avenida, a fila ininterrupta dos autos continuava a desenrolar-se. À porta do Avenida, estacionava ainda um grupo palrador; gente corria à sua vida, aos seus prazeres, ao seu destino; duas mulheres passaram por ele numa grande algazarra, rindo muito, fazendo grandes gestos. Pensativo, contornou o maciço de flores vagarosamente, deu mais uns passos para cima, mas, lembrando-se de repente de que ela podia chegar e ir-se embora sem o ver, voltou a correr para o banco.

Mas, afinal, que tolice estar assim a afligir-se por uma demora de meia hora! A rapariga era séria, que diabo Não ia agora duvidar dela, da sua boa fé! O dito, dito. Era ter paciência! Isto de mulheres, nunca estão prontas a horas, é mais um alfinete para aqui, mais uma besuntadela para acolá, mais um laço, mais uma fita... E para largarem o espelho é o cabo dos trabalhos!... E, à doce visão da sua Maria a enfeitar-se para ele, a ver-se ao espelho para lhe parecer bonita a ele, o coração dilatou-se lhe num suspiro de consolo, e um sorriso radioso entreabriu-lhe novamente os lábios que o sofrimento contraíra.

Agitou-se no banco, envolveu-se melhor no dominó, que a noite ia-se pondo fria, e resolveu esperar com resignação. Passou, porém, uma hora, duas, e ela sem aparecer... A inquietação mordeu-lhe novamente a alma... Por que não viria? Onde estaria àquelas horas da noite?...

Continuavam a passar autos, continuava a passar gente, e ela nada! Nem sombras dela sequer!... Ele bem olhava para todos os lados, bem perscrutava, de olhos muito abertos, as trevas lá no fundo, por onde ela havia de vir. Nada!...

As luzes do Avenida cegavam-no, fechava os olhos para as não ver. A inquietação, a angústia, a mortal aflição dos que esperam sem esperança corroíam-no lá por dentro como chumbo derretido. E o pobre, no meio da multidão folgazã duma noite de Entrudo, tremia como se estivesse num deserto sem vivalma, sem gota de água ou folha de palmeira povoando a imensidade desolada e tétrica, até aos confins do horizonte, até ao fim do mundo! O polícia de giro, adivinhando do que se tratava, deu uma volta em redor do banco e seguiu, sem lhe dirigir a palavra. Um perdigueiro novo, preto como azeviche, veio rebolar-se na relva a dois passos dele, dando latidos de alegria por se ver solto. Filho-família com tinetas de boêmio conseguiu, com as suas cabriolas, arrancá-lo por um instante aos seus lancinantes pensamentos. Estendeu a mão para o acariciar, mas o cãozito, esquivo e desconfiado, fugiu-lhe e perdeu-se nas pesadas sombras duma rua ao lado.

Que horas seriam?... Viu outra vez o relógio: três horas! Ela já não vinha! Era impossível!... Que estava ele ali a fazer naquele maldito banco, sozinho?... Num supremo esforço de toda a sua vontade, retesou os músculos, levantou-se. Um homem que ia a passar recuou assustado, ao ver de súbito na sua frente aquele fantasma negro; depois de passar, olhou ainda para trás, curioso. O polícia de serviço, que já não era o mesmo, perguntou-lhe desabridamente o que estava ali a fazer, há que tempos, naquele banco. Num humilde sorriso, que mais parecia um esgar de choro, respondeu-lhe, esforçando-se por dar ao seu todo um ar pândego, que estava à espera duma rapariga para irem cear, para festejarem a Terça-Feira Gorda... O polícia, satisfeito com a explicação, piscou o olho, indulgente, e seguiu à sua vida. Ele tornou a sentar-se. Podia ser, podia muito bem ser que ela viesse ainda. Ainda não era tarde! Podia ter adoecido... Mas a estes enganos com que pretendia iludir-se, o pobre coração, que era como uma chaga em sangue dentro do seu peito, revoltava-se num sobressalto das suas últimas energias, numa náusea de nojo perante a perfídia imerecida. Ah, Maria, Maria!

Era então verdade todo o mal que diziam dela, todo o mal que lhe tinham dito! Sem vergonha, sem juízo, sem consciência, passava a vida a desgraçar homens, a desgraçada! Mas então a sua casinha, a sua casinha nova na rua limpa e sossegada, as suas economias, todos os seus sonhos, toda a sua vida?! Que seria feito daquilo tudo, santo deus?! Ah, a mentira, a ilusão de todos esses miseráveis anos que tinham passado, o escárnio de engano que tinha sido o ar que respirara, o pão que comera a viver para ela, a trabalhar para ela, a sofrer por ela! Não a teria nunca, nunca! Não lhe saberia nunca o gosto à boca, àquela boca de tentação, vermelha e úmida, como um cravo a abrir!

Soluços violentos faziam-lhe estalar o peito, a emoção apertava-lhe a garganta em tenazes de ferro, caíam-lhe lágrimas em fio pela cara abaixo. Na sua grotesca humildade era um espantalho desprezível. Mascarado, ridículo, lavado em lágrimas, era mais infeliz que as pedras e dava vontade de rir!

Quatro horas! O riso dela, rio cheio de reticências, riso canalha e escarninho, fustigou-o como uma chicotada na cabeça, ao evocá-lo. Tinha feito pouco dele! Nunca fizera tensões de vir! Onde estaria ela?... Ah, Maria, Maria!...

Num arranco, apalpou no bolso das calças, com a mão crispada, o canivete que trazia sempre; de olhos fechados, a boca torcida num ricto odioso, abriu-o e, num gesto de doido, enterrou fundo no pulso a estreita lâmina afiada. O sangue jorrou como um repuxo e salpicou-lhe os dedos. Sem pensamentos, a cabeça a fugir-lhe, tonto, desvairado, soltou um grito rouco, abafado como um rugido de fera ferida, dobrou-se sobre si mesmo como um fantoche e, de olhos muito abertos, ficou-se a contemplar, num ar pasmado, o sangue a correr-lhe pela mão, em grossos traços negros até ao chão.

Para as bandas do oriente o céu tomava uns vagos tons de nácar. O perdigueiro boêmio, cansado de folgar, veio a passos lentos para ele, cheio de gravidade, desconfiado, farejando de longe o sangue. Os pardais, aconchegados na acácia que a Primavera enchera já de folhas tenras, começavam a mexer-se e a pipiar docemente.

O Joaquim quis levantar-se, mas não pôde, quis abrir os olhos, não teve forças. Um grande bem-estar invadia-lhe o corpo todo, um estranho entorpecimento tornava-lhe as pernas e os braços moles como trapos. A cabeça pendeu-lhe paras as costas do banco. O sangue continuava a correr pelo braço, pela sotaina negra, num tênue fiozinho tépido.

De repente, aos ouvidos do moribundo chegou vagamente, como num sonho, um ruído de passos. Fez um grande esforço para se endireitar, para pensar: Seria ela?... Os passos aproximavam-se... Nas primeiras claridades ainda indecisas da madrugada adivinhou-se um grupo de homens e mulheres vestidos de dominós pretos. Vinham conversando e rindo animadamente, de volta de um baile, talvez...

Ao passar por ele, uma das mulheres exclamou:

– Olha aquele no banco, parece um faz-tudo.

– Está bêbado - disse a outra.

E uma gargalhada estridente acordou a manhã como um gorjeio de pássaro. Ao ouvir aquele riso que se afastava, o agonizante, no seu banco, estremeceu. Num medonho esforço conseguiu desembaraçar-se da mortalha que o envolvia já, conseguiu expulsar o fantasma da morte que rondava perto e pôde mexer os braços, abrir os olhos. Ele bem sabia que ela havia de vir, ele bem sabia!...

O riso juvenil extinguia-se na sombra, em notas de clarim... O grupo afastava-se, sumia-se ao longe...

O moribundo tornou a deixar cair os braços, tornou a fechar os olhos e ficou-se muito rígido, muito estendido no seu banco, com um sorriso nos lábios, iludido e contente...

O céu num pálido azul-esverdeado, acentuava os tons de madrepérola como uma grande concha aberta, dourava-se levemente na orla... Uma andorinha, a primeira, passou veloz como uma seta, tente à cara dele, com um gritinho agudo de alegria...

Despontava a madrugada.

Lição póstuma

Carmen Dolores

No carro que conduzia à casa da amiga morta, Madalena meditava com melancolia, conchegando ao busto ainda belo as rendas negras do vestuário de luto improvisado para esse inesperado transe.

Morrera Valentina, a sua querida companheira da infância!... Extinguira-se de repente, na véspera, essa doce criatura pálida, cuja vida frágil, de sempre enferma e sempre apagada, pouco importava desde muitos anos aos seus mais próximos, nesse centro familiar, rumoroso e alegre, onde se moviam os filhos, as filhas, os genros e as noras da atual finada, em seu inconsciente egoísmo de entes novos, sadios e ativos. E o principal, na aparência, de toda essa gente moça, nascida do seu sangue ou fundida com o seu sangue, Valentina, na realidade, passara gradualmente a ser um zero no lar, de uma sensibilidade doentia que a isolava, sob o terror dos choques da existência comum, e de uma fraqueza de caráter que as contínuas moléstias iam sempre agravando. Tinha a figura emaciada de uma freira. Andava devagar, como arrastando dolorosamente os passos, sem rumo, sem objetivo. E eis enfim que morrera, discretamente, sem ruído, num sopro de ave cansada, que encolhe a cabeça sob a asa e expira docemente, sem incomodar ninguém com estardalhaços de uma agonia aflitiva e prolongada.

Madalena evocava agora esse tristonho tipo de mulher, que conhecera despreocupado na meninice, poeticamente sentimental na adolescência, e enfim abatido nos últimos tempos – e uma sensação como medrosa de arrepio se misturou ao sentimento natural da sua afetuosa saudade.

Quantos anos podia ter Valentina? Só quarenta e seis – a sua própria idade, pois tinham nascido no mesmo ano. E, mais nervosa, Madalena atirou-se para o canto da vitória, vergou o corpo, para enfiar a vista pelo espetáculo das ruas em todo o jubiloso movimento das quatro horas da tarde. Que contraste com o desalento das suas idéias! E que novidade, também, no meio da apatia dos seus dias monótonos, sempre iguais, ao fundo dessa chácara sombria de arvoredos, porejando umidade dos seus caramanchéis apodrecidos pelas chuvas, em que ela esquecia todos os risos da vida por inércia de hábitos, empurrada pouco a pouco, quase sem sentir, para o isolamento próprio dos que terminaram o seu papel no mundo! Um relâmpago fuzilou nas pupilas de Madalena, ao acicate de um pensamento súbito e cruel: como a Valentina!... assim mesmo é que se resvala até cair na morte, sem reagir e sem viver – no verdadeiro sentido desta palavra tão ampla...

E, como febril, debruçou-se mais avidamente, fartou a vista de olhar, de olhar a onda popular espraiada pelas vias, numa ondulação crescente e vertiginosa.

O carro, vindo do Rio Comprido, seguia pela nova e brilhante rua da Carioca, cortada de elétricos rápidos, com a sua alta casaria de aspecto europeu, lojas de montras espelhantes cheias de compradores, grupos remoinhando em certos pontos da calçada larga, junto aos postes de parada dos bondes, um ar de efervescente alegria no azul do céu, na brancura luminosa das fachadas dos prédios, nas vitrinas, nos artigos policromos expostos à venda, nas portas, na multidão formigando apressadamente; em tudo.

Ao pé do mercado das flores, um embaraço qualquer deteve um instante a marcha da vitória, entre a trepidação violenta de todo o gênero de veículos a se cruzarem, e Madalena aspirou, com um frêmito, o aroma vivo das rosas brancas e rubras, dos cravos purpurinos e das angélicas virginais desprendendo o seu hálito de volúpia entre os crisântemos e as dálias sem perfume. Mas já o carro vencia o largo da Carioca, onde desembocava toda uma torrente popular despejada pelas ruas da Uruguaiana e Gonçalves Dias; e, ao reflexo dourado do sol, trazendo nos ouvidos o rumor da vida tumultuosa das ruas e na rotina a visão da graça experta das mulheres que andam às compras, parando em cada montra com um fulgor de apetite no olhar, a saia arregaçada com arte, o pé bem calçado e nervoso – Madalena entrou a rodar sobre o asfalto macio da avenida Beira-Mar, voltando a pensar nessa morta que aguardava na imobilidade suprema o definitivo mergulho na terra fria.

Em pouco, muito pálida sob o negrume do vestido de luto, contemplava Madalena a amiga de infância estendida sobre a eça de ouros lúgubres, entre os candelabros do estilo: e essa face mais lívida do que a cera das tochas acesas, mais reduzida do que um semblante de criança, com os cabelos de leve grisalhos, penteados para o túmulo, e uma expressão de amargura nos lábios finos e roxos – essa face defunta abalou tão violentamente a sua alma, que os soluços a sufocaram como uma crise de nervos. Nem saberia dizer por quem chorava, se pela morta, se por si própria, sentindo como uma trágica parecença nos seus destinos – ambas já tendo cumprido a sua missão na existência e não havendo sabido salvaguardar a nota pessoal, que serve de arma de defesa, instinto de conservação, na segunda e melancólica fase da vida das mulheres.

Acudiam-lhe, de envolta com as lágrimas, trechos de certo romance pungente de Tolstói – uma grande ternura ingênua que tudo dera de si, encontrando ao cabo a ingratidão mais dura, o isolamento, o abandono...

E um pavor subiu-lhe ao cérebro, lembrando as acomodações, as transigências, que ela fora aceitando contra o seu interesse, por amor e por inércia. Apareceu-lhe a chácara sombria, sentiu o vagar dos dias longos, viu-se a errar, cheia de tédio, sem vida própria, entre a animação egoística dos seus mais próximos, como a outra, como essa que ali jazia entre homenagens mentirosas, agora inúteis, de coroas, flores e galões dourados... E uma reação perigosa se fez no seu íntimo. Como a Valentina?... Não, jamais!... Ela queria viver e não morrer. Aquilo era uma lição.

O Matias, genro de Madalena, fumava, ao cair dessa tarde, à porta do vestíbulo, olhando a beleza do ocaso, quando viu caminhar pela grande alameda da chácara, em direção à casa, um vulto de mulher que ele, à primeira vista, não reconheceu.

"Mas é tua mãe!", disse por fim à esposa, virando-se para dentro da sala, como atônito. E no seu tom havia uma tão insólita estranheza, visto como a volta da sogra era perfeitamente natural, que as filhas logo se ergueram e chegaram à porta.

"Mas é mamãe!", repetiram elas, imitando inconscientemente o ar admirado do Matias.

Efetivamente, a silhueta de Madalena parecia mudada nas suas linhas habituais. Ela, que era gorda e indolente, vinha num passo firme e decidido que esmagava as folhas secas do caminho. Tinha arremessado para trás a pelerine de rendas negras, e em seu corpo, ainda bem feito, estava mais moça, mais viva, mais esbelta. No silêncio curioso que a acolheu, pôs-se a contar como fora o enterro da pobre Valentina, insistindo com rancor na insensibilidade ou excessiva resignação de toda a família, que tinha demonstrado à evidência o ínfimo lugar ocupado sob aquele teto pela falecida.

E como, nesse ponto da narrativa, um netinho a importunasse teimosamente, puxando-lhe ora o leque, ora as rendas, Madalena administrou-lhe, com nervosa prontidão, uma pancadinha seca nos dedos. O pequeno chorou: os pais entreolharam-se, espantados; e a mãe acabou observando, para aliviar o despeito:

"Essa d. Valentina, afinal, não passava de uma imprestável..."

Madalena, de ordinário paciente e vagarosa, saltou imediatamente:

"Imprestável? ... Tola é que ela foi..."

Surpresa geral.

Quando Madalena saiu da sala, o Matias dirigiu-se ao cunhado Jorge, também casado, e, de mãos nos bolsos, meneando misteriosamente a cabeça, a esticar um grande beiço desolado, murmurou...

"Transformaram tua mãe, sabes? Aqui há coisa..."

E havia. Era um terror profundo deixado na alma de Madalena pelas impressões da morte da amiga. Era uma reação, entretida pela vontade de fugir a vagos perigos, que chicoteava dia a dia os impulsos da natural e passiva apatia, tentando às vezes retomar os antigos direitos sobre o seu caráter. Nesse momento, então, Madalena corria ao espelho para se examinar; já se via mais magra, com a face lívida e esbatida da amiga que não soubera defender a sua nota pessoal e morrera anulada, como um trapo inútil. E se, a essa hora, a filha ou a nora lhe anunciavam que iam passear, pedindo-lhe para ficar, como dantes, com as crianças, ela, depressa, contrariando o espontâneo assomo de condescendente bondade, respondia que também tinha de sair. E saía de fato, para atestar a sua independência; andava pela cidade, a impregnar-se, como buscando reforço à sua bruxuleante energia, do espetáculo da vida ativa de outras mulheres da sua idade, em que bebia lições. Como a Valentina é que nunca, nunca, jamais!

E certo dia, sob a reprovação mal refreada dos seus, Madalena participou que se ia casar com um senhor Salgado, qüinquagenário ainda robusto, que lhe oferecia a comunhão da simpatia contra os próximos e comuns desalentos da velhice solitária.

Por ocasião desse casamento, enquanto a noiva, madura e satisfeita, jurava fidelidade ao futuro de cabelos grisalhos, bem empertigado na sua casaca solene, o Matias, sucumbido, sussurrava ao ouvido do cunhado Jorge.

"Tudo isto é obra fatal da defunta Valentina..."

E, mais áspero:

"Eu, se ela ressuscitasse, metia-lhe uma bengalada..."

O filho acrescentou com raiva:

"Eu fazia mais: assassinava a peste...".

E volvendo o olhar torvo para as sedas lilases e farfalhantes da mãe ao pé do altar, concluiu entre dentes:

"Ainda esta manhã ela foi levar uma coroa de amores perfeitos ao túmulo da amiga, agradecendo a lição..."

Madalena, entretanto, pesada e triunfante, ia dizendo ao senhor Salgado, cuja calva reluzia às luzes:

" Recebo a vós..."

Era o direito à felicidade, proclamado alto!... Era o direito à vida própria!...

Os Porcos

Júlia Lopes de Almeida

Quando a cabocla Umbelina apareceu grávida, o pai moeu-a de surras, afirmando que daria o neto aos porcos para que o comessem.

O caso não era novo, nem a espantou, e que ele havia de cumprir a promessa, sabia-o bem. Ela mesma, lembrava-se. Encontrara uma vez um braço de criança entre as flores douradas do aboboral. Aquilo, com certeza, tinha sido obra do pai.

Todo o tempo da gravidez pensou, numa obsessão crudelíssima, torturante, naquele bracinho nu, solto, frio, resto dum banquete delicado, que a torpe voracidade dos animais esquecera por cansaço e enfartamento.

Umbelina sentava-se horas inteiras na soleira da porta, alisando com um pente vermelho de celuloide o cabelo negro e corredio. Seguia assim, preguiçosamente, com olhar agudo e vagaroso, as linhas do horizonte, tugindo de fixar os porcos, aqueles porcos malditos, que lhe rodeavam a casa desde manhã até a noite.

Via-os sempre ali arrastando no barro os corpos imundos, de pelo ralo e banhas descaídas com o olhar guloso, luzindo sob a pálpebra mole e o ouvido encoberto pela orelha chata, no egoísmo brutal de encontrar em si toda a tenção. Os leitões vinham por vezes, barulhentos e às cambalhotas, envolverem-se na sua saia e ela sacudia-os de nojo, batendo-lhes com os pés, dando-lhes com torça. Os porcos não a temiam, andavam perto, fazendo desaparecer tudo diante da sofreguidão dos seus focinhos rombudos e móveis, que iam e vinham grunhindo, babosos, hediondos, sujos da lama em que se deleitavam, ou alourados pelo pó de milho, que estava ali aos montes, flavescendo ao sol.

Ah! os porcos eram um bom sumidouro para os vícios do caboclo! Umbelina execrava-os e ia passando de modo de acabar com o filho duma maneira menos degradante e menos cruel.

Guardar a criança... mas como? O seu olhar interrogava em vão o horizonte frouxelado de nuvens.

O amante, filho do patrão, tinha-a posto de lado... diziam até que ia casar com outra! Entretanto achavam-na todos bonita, no seu tipo de índia, principalmente aos domingos, quando se enfeitava com as maravilhas vermelhas, que lhe davam colorido à pele bronzeada e a vestiam toda com um cheiro doce e modesto...

Eram duas da madrugada, quando a Umbelina entreabriu um dia a porta da casa paterna e se esgueirou para o terreiro.

Fazia luar; todas as coisas tinham um brilho suavíssimo. A água do monjolo caia em gorgolões soluçados, flanqueando o rancho de sapé, e correndo depois em tio luminoso e trêmulo pela planície tora. Flores de gabiroba e de esponjeira brava punham lençóis de neve na extensa margem do córrego; todas as ervas do mato cheiravam bem. Um galo cantava perto, outro respondia mais longe, e ainda outro, e outro, até que as vozes dos últimos se contundiam na distância com os mais leves rumores noturnos.

Umbelina afastou com a mão febril o xale que a envolvia, e, descobrindo a cabeça, investigou com olhar sinistro o céu profundo.

Onde se esconderia o grande Deus, divinamente misericordioso, de quem o padre falava na missa do arraial em termos que ela não atingia, mas a faziam estremecer?

Ninguém pode fugir ao seu destino, diziam todos; estaria então escrito que a sua sorte fosse essa que o pai lhe prometia de matar a tome aos porcos com a carne da sua carne, o sangue do seu sangue?!

Essas coisas rolavam-lhe pelo espirito, indeterminadas e confusas. A raiva e o pavor do parto estrangulavam-na. Não queria bem ao filho, odiava nele o amor enganoso do homem que a seduzira. Matá-lo-ia, esmagá-lo-ia mesmo, mas lançá-lo aos porcos... isso nunca! E voltava-lhe à mente, num arrepio, aquele bracinho solto, que ela tivera entre os dedos indiferentes, na sua bestialidade de cabocla matuta

O céu estava limpo, azul, num céu de janeiro, quente, vestido de luz, com a sua estrela Vésper enorme e diamantina, e a lua muito grande, muito forte, muito esplendorosa!

A cabocla espreitou com olho vivo para os lados da roça de milho, onde ao seu ouvido agudíssimo parecera sentir uma bulha cautelosa de pés humanos: mas não veio ninguém, e ela, abrasada, arrancou o xale dos ombros e arrastou-o no chão, segurando-o com a mão, que as dores do parto crestavam convulsivamente. O corpo mostrou-se disforme, mal resguardado por uma camisa de algodão e uma saia de chita. Pelos ombros estreitos agitavam-se as pontas do cabelo negro e luzidio; o ventre pesado, muito descaído dificultava-lhe a marcha, que ela interrompia amiúde para respirar alto, ou para agachar-se, contorcendo-se toda.

A sua ideia era ir ter o filho na porta do amante, matá-lo ali, nos degraus de pedra, que o pai havia de pisar de manhã, quando descesse para o passeio costumado.

Uma vingança doida e cruel aquela, que se fixara havia muito tempo no seu coração selvagem.

A criança tremia-lhe no ventre, como se pressentisse que entraria na vida para entrar no túmulo, e ela apressava os passos nervosamente por sobre as folhas da trapoeiraba maninha

Ai! iam ver agora quem era a cabocla! Desprezavam-na? Riam-se dela? Deixavam-na à toa como um cão sem dono? Pois que esperassem! E ruminava seu plano, receando esquecer alguma minúcia...

Deixaria a criança viver alguns minutos, fá-la-ia mesmo chorar, para que o pai lá dentro, entre o conforto do seu colchão de paina, que ela desfiara cuidadosamente, lhe ouvisse os vagidos débeis e os guardasse sempre na memória, como um remorso.

Ela estava perdida. Em casa não a queriam; a mãe renegava-a, o pai batia-lhe, o amante fechava-lhe as portas... e Umbelina praguejava alto, ameaçando de fazer cair sobre toda a gente a cólera divina!

O luar com a sua luz brancacenta e fria iluminava a triste caminhada daquela mulher quase nua e pesadíssima, que ia golpeada de dores e de medo através dos campos. Umbelina ladeou a roça de milho, já seca, muito amarelada, e que estalava ao contato do seu corpo mal firme: passou depois o grande canavial, dum verde d'água, que o luar enchia de doçura e que se alastrava pelo morro abaixo, até lá perto do engenho, na esplanada da esquerda. Por entre as canas houve um rastejar de cobras, e ergueu-se da outra banda, na negrura do mandiocal, um voo fofo de ave assustada. A cabocla benzeu-se e cortou direito pelo terreno mole do feijoal ainda novo, esmagando sob a sola dos pés curtos e trigueiros as folhinhas tenras da planta ainda sem flor. Depois abriu lá em cima a cancela, que gemeu prolongadamente nos movimentos de ida e volta, com que ela o impeliu para diante e para trás, entrou no pasto da fazenda. Uma grande nudez por todo o imenso gramado. O terreno descia numa linha suave até o terreiro da habitação principal, que aparecia ao longe num ponto branco. A cabocla abaixou-se tolhida, suspendendo o ventre com as mãos.

Toda a sua energia ia fugindo, espavorida com a dor física, que se aproximava em contrações violentas. A pouco e pouco os nervos distenderam-se e o quase bem-estar da extenuação fê-la deixar-se ficar ali, imóvel, com o corpo na terra e a cabeça erguida para o céu tranquilo. Uma onda de poesia invadiu-a toda: eram os primeiros enleios da maternidade, a pureza inolvidável da noite, a transparência lúcida dos astros, os sons quase imperceptíveis e misteriosos, que lhe pareciam vir de longe, de muito alto, como um eco fugitivo da música dos anjos, que diziam haver no céu sob o manto azul e flutuante da Virgem Mãe de Deus...

Umbelina sentia uma grande ternura tomar-lhe o coração, subir-lhe aos olhos.

Não a sabia compreender e deixava-se ir naquela vaga sublimemente piedosa e triste...

Súbito, sacudiu-a uma dor violenta, que a tomou de assalto, obrigando-a a cravar as unhas no chão. Aquela brutalidade fê-la praguejar e ergueu-se depois raivosa e decidida. Tinha de atravessar todo o comprido pasto, a margem do lago e a orla do pomar, antes de cair na porta do amante.

Foi; mas as forças diminuíam e as dores repetiam-se cada vez mais próximas.

Lá embaixo aparecia já a chapa branca, batida do luar, das paredes da casa.

A roceira ia com os olhos fitos nessa luz, apressando os passos cansados. O suor caía-lhe em bagas grossas por todo o corpo, ao tempo que as pernas se lhe vergavam ao peso da criança.

No meio do pasto, uma figueira enorme estendia os braços sombrios, pondo uma mancha negra em toda aquela extensão de lùz. A cabocla quis esconder-se ali, cansada da claridade, com medo de si mesma, dos pensamentos pecaminosos que tumultuavam no seu espirito e que a lua santa e branca parecia penetrar e esclarecer. Ela alcançou a sombra com passadas vacilantes; mas os pés inchados e dormentes já não sentiam o terreno e tropeçavam nas raízes das árvores, muito estendidas e salientes no chão. A cabocla caiu de joelhos, amparando-se para a frente nas mãos espalmadas. O choque foi rápido e as últimas dores do parto vieram tolhêla. Quis reagir e ainda levantar-se, mas já não pode, e furiosa descerrou os dentes, soltando os últimos e agudíssimos gritos da expulsão.

Um minuto de pois a criança chorava sufocadamente. A cabocla então arrancou com os dentes o cordão da saia e, soerguendo o corpo, atou com firmeza o umbigo do filho, e enrolou-o no xale, sem olhar quase para ele, com medo de o amar...

Com medo de o amar!... No seu coração de selvagem desabrochava timidamente a flor da maternidade. Umbelina levantou-se a custo com o filho nos braços. O corpo esmagado de dores, que parecia esgarçarem-lhe as carnes, não obedecia à sua vontade. Lá embaixo a mesma chapa de luz alvacenta acenava-lhe, chamando-a para a vingança ou para o amor. Julgava agora que se batesse àquelas janelas e chamasse o amante, ele viria comovido e trêmulo beijar o seu primeiro filho. Aventurou-se em passadas custosas a seguir o seu caminho, mas voltaram-lhe depressa as dores e, sentindo-se esvair, sentou-se na grama para descansar. Descobriu então a meio o corpo do filho; achou-o branco, achou-o bonito, e num impulso de amor beijou-o na boca. A criança moveu os lábios na sucção dos recém-nascidos e ela deu-lhe o peito. O pequenino puxava inutilmente, a cabocla não tinha alento, a cabeça pendia-lhe numa vertigem suave, veiolhe depois outra dor, os braços abriram-se-lhe e ela caiu de costas.

A lua sumia-se, e os primeiros alvores da aurora tingiram dum róseo dourado todo o horizonte. Em cima o azul carregado da noite mudava para um violeta transparente, esbranquiçado e diáfano. Foi no meio daquela doce transformação da luz que Umbelina mal distinguiu um vulto negro, que se aproximava lentamente, arrastando no chão as mamas pelancosas, com o rabo fino, arqueado sobre as ancas enormes, o pelo hirto, irrompendo ralo da pele escura e rugosa, e o olhar guloso, estupidamente fixo: era uma porca.

Umbelina sentiu-a grunhir. Viu confusamente os movimentos repetidos do seu focinho trombudo, gelatinoso, que se arregaçava, mostrando a dentuça amarelada, forte. Um sopro frio correu por todo o corpo da cabocla, e ela estremeceu ouvindo um gemido doloroso, dolorosíssimo, que se cravou no seu coração aflito. Era o filho! Quis erguer-se, apanhá-lo nos braços, defendê-lo, salvá-lo... mas continuava a esvair-se, os olhos mal se abriam, os membros lassos não tinham vigor, e o espírito mesmo perdia a noção de tudo.

Umbelina sentiu-a grunhir. Viu confusamente os movimentos repetidos do seu focinho trombudo, gelatinoso, que se arregaçava, mostrando a dentuça amarelada, forte. Um sopro frio correu por todo o corpo da cabocla, e ela estremeceu ouvindo um gemido doloroso, dolorosíssimo, que se cravou no seu coração aflito. Era o filho! Quis erguer-se, apanhá-lo nos braços, defendê-lo, salvá-lo... mas continuava a esvair-se, os olhos mal se abriam, os membros lassos não tinham vigor, e o espírito mesmo perdia a noção de tudo.

A Ama

Délia

Joana era uma crioula retinta, sadia, que trabalhava de enxada em uma fazenda próxima da Corte.

Um dia, sentiu-se mãe: seus braços trêmulos cingiram docemente os flancos onde seu filho se agitava, e a negra pupila anuviou-se com lágrimas de enternecimento.

Durante nove meses trabalhou conscienciosamente, sem vergar à fadiga desse estado mórbido e incomodativo.

Às vezes, sob o sol ardente, arrimava-se à enxada, limpava o suor e, a largos haustos, aspirava a viração impregnada do cheiro ativo do café.

Seu olhar esmorecido fitava o céu azul imaculado, e a ideia de beijar o filho lhe animava a face de ébano em suave expansão.

É tão singelo e tão profundo o sentir desses pobres seres rudes, votados ao trabalho e à dor!

Uma noite, ao entrar na senzala, deu à luz a um robusto negrinho, e santamente abraçou o filho de suas dores.

Um mês depois, o senhor recebeu carta de um amigo, rogando-lhe que lhe enviasse uma ama em boas condições para amamentar o ilustre descendente de seus vícios.

Joana foi escolhida para esse fim e obedeceu sem murmurar, fula, com o peito dilacerado pelo desespero e pela saudade.

Apertou febrilmente o filho ao coração, como se o quisesse sufocar, e suas lágrimas escaldaram a criança, que chorou, magoada pelo angustioso amplexo materno.

A infeliz o acalentou, deu-lhe o peito em feroz ansiedade, desejando que ele sugasse todo o leite e nada ficasse para o filho dos brancos.

Entorpecida pela dor, a mísera viu desaparecer as terras da fazenda em que nascera e onde deixava tudo quanto havia amado!

Na estação da estrada de ferro encontrou um criado de confiança, que a conduziu em carro até a elegante habitação de seu amo.

Ao apear-se, introduziram-na em perfumada alcova, onde repousava uma bonita e pálida criatura.

A um gesto da jovem, Joana, indiferente, aproximou-se do berço e mirou o que nele havia: era um menino franzino, mimoso, cheio de rendas.

Aquele sono tranquilo e aquele morno perfume de criança comoveram a negra, que evocou a imagem do filho a dormir na esteira.

Suas narinas tremeram, e o magnetismo do seu olhar materno despertou o inocente, que chorou de fome.

Instintivamente, ela o tomou ao colo e lhe deu o seio pesado e dolorido pelo excesso do leite.

Em breve, com algum tratamento a moça pálida tornou a aparecer nas festas e nos passeios, e Joana, só, no silêncio dos grandes quartos, pôde considerar-se a verdadeira mãe do menino que amamentava.

Enquanto ele dormia, ela vagava pelo aposento, triste, lembrando-se do filho, da comadre a quem o entregara, dos trabalhos do campo, e sua voz monótona entoava as cantigas do eito em melancólica saudade.

Ao menor vagido do menino, acudia solícita, amante e carinhosa!

Essa criatura "bruta", com a qual ficavam os outros criados da casa, mostrava em seu maternal afeto a meiguice e o carinho de uma gentil castelã!

A tenra criancinha sossegava imediatamente ao brando movimento de seus braços fortes, amaciados pela ternura.

No fim de alguns meses, o menino, gordinho, rosado, já sabia sorrir a Joana e lhe estendia os bracinhos roliços, falando-lhe na sua adorável balbúcie.

Um dia o menino amanheceu rabugento, com as gengivas inflamadas, e começou o cruel trabalho da dentição.

Joana passava as noites acordada, acalentando o inocente que não podia mamar porque magoava a gengiva.

A preta lhe espremia o peito na boca, com paciência, a fim de que ele se alimentasse sem sofrer.

Dia a dia, a criança emagrecia, e Joana chorava vendo a palidez do menino que lhe fitava os grandes olhos tristes, como que apavorado pela aproximação da morte.

A infeliz, como um cão fiel, sentada junto ao berço, seguia ansiosa aquela destruição lenta, e, batendo no peito, amaldiçoava o próprio leite, que não podia reanimar a criança.

Pouco e pouco, o menino fanou-se[1] e tomou a rigidez do mármore. Joana chorou, rolando pelo chão em convulsivo pranto.

Depois lavou a criança, vestiu-lhe a roupa mais rica, depositou-o no caixãozinho cheio de flores e fitas, e sentou-se no chão a seu lado, como costumava ficar enquanto ele dormia.

Triste, abatida, vencida pelo cansaço, cerrava um pouco as pálpebras em passageira sonolência e maquinalmente acalentava o menino, cantarolando para adormecê-lo.

Oferecia pungente espetáculo aquele pesar sincero, despido de afetação, seguindo o impulso da ternura e do hábito!

De repente, abria os olhos e chorava, mirando a imobilidade daquele rostinho lívido, de lábios arroxeados.

No dia seguinte, os pais do menino despediram-na, deram-lhe algum dinheiro, como se o devotamento fosse pagável, e deixaram-na voltar ao trabalho e à fadiga.

Se a criança não morresse e crescesse forte e sadia, a recompensa seria a mesma: não a libertariam porque a libertação custa dinheiro e o que havia em casa era pouco para ridículas ostentações!

Aturdida ainda pelo fatal acontecimento da véspera, Joana deixou aquele teto, onde nada mais a prendia, e entrou no vagão.

O tempo estava sombrio, chuvoso, as estradas lamacentas, as árvores gotejantes, os rios cheios, o horizonte nebuloso, a temperatura fria.

---

1 Murchou

Ela metia a cabeça pela portinhola, e aquela vastidão brumosa, glacial, enlutada, causava-lhe estranha sensação de pavor.

Sua poética e rude imaginação, cheia de superstições, apavorava-se com aquela chegada, sem sol, sem lua, em que a esperança temia aparecer.

Só uma ideia lhe martelava o cérebro – ver o filho, mas aquele mau tempo a entristecia, provocando-lhe vago receio.

Por que seu coração pulsava fracamente, à medida que se aproximava da casa?

Acaso o filho estaria doente?

Com que prazer lhe daria o peito ainda cheio de leite, de que o haviam privado!

Como se chamaria ele?

Estaria gordo ou magro?

Gostaria muito da comadre, a quem o confiara?

Essa ideia feriu-a com o dardo do ciúme!

Avistou afinal as terras da fazenda, e a emoção apertou-lhe a garganta: apenas pôde rir guturalmente e bater palmas, devorando com ardente olhar as plantações inundadas pela chuva.

Entrou em casa e foi conduzida à presença do senhor, que não lhe disse uma boa palavra nem a recompensou pelo seu bom procedimento na cidade.

Lépida, quase a correr, alcançou a senzala e avidamente procurou o filho: viu somente a comadre.

Alucinada, perguntou pela criança e soube que morrera um ano depois da sua partida.

Caiu a fio comprido, com a face na terra, soluçando, sem derramar lágrimas, sacudida por medonho estertor, sem ouvir a narração da parceira que lhe contava a agonia do filho.

Assim, de bruços, passou a noite inteira, ora soluçando de modo lúgubre, ora em aflitiva modorra.

Pranteava conjuntamente o filho de suas entranhas o o menino que lhe sugara o seio, amenizando-lhe a saudade que sentia do ausente.

Seu cérebro dorido, em mortal fadiga, evocava sucessivamente duas crianças, uma preta, outra branca, ambas frias, rijas, de olhos fechados e imóveis.

Afinal, pela madrugada, as duas visões fundiram-se em uma só, e o filho de criação, que ela contemplara mais tempo, sintetizou em si a a dor que a pungia, e nele chorou a sua triste maternidade!

Pouco depois, no clarear do dia, foi despertada pelo feitor e voltou à roça, ao trabalho, ao cansaço, tendo na alma as trevas do Averno[2] e a inconsciência da loucura!

Caminhou maquinalmente e começou a tarefa, sem ver o que fazia, atormentada por cruéis miragens onde perpassavam crianças mortas.

Aos lábios lhe subia um sopro ardente saído das entranhas, e que dizia:

- Filho! Filho! Filho!

O sol surgiu radiante, inundando os campos de luz e calor, ostentando o verdor das árvores retemperadas pela chuva.

As flores viçosas, orvalhadas por diamantinas gotas, exalavam perfumes, e os bem-te-vis esvoaçavam na coma das mangueiras.

No meio das enrediças, enormes aranhas reparavam a teia avariada pelas chuvas, onde as brancas borboletas batiam as asas, palpitantes, debatendo-se no rendilhado fio que lhes fora traiçoeira armadilha.

Os insetos zumbiam, famintos, embriagados pelo calor e pelo doce néctar das flores apetitosas.

A natureza sorria, trajava galas, entoava um hino de amor, e a vida despontava por toda parte.

Só, morta, no meio de tanta seiva, Joana largou a enxada, vencida pelo desgosto e pela dor dos túmidos seios a vazarem leite.

Caminhou como espectro, sem receio de cobras, sem calcular que abandonara o serviço, seguindo para as proximidades do Paraíba, que passava dali a um quarto de légua.

---

2 Antiga cratera italiana, considerada a entrada para o submundo

Andou e avistou o rio, cheio, rolando suas águas; estugou o passo e ajoelhou-se na ribanceira.

Seu olhar desvairado mirava o fervilhar da água em uma espécie de sorvedouro que lhe ficava aos pés, e os lábios murmuravam uns cantos suaves.

Afigurou-se-lhe ver o filho naquele marulho; sorriu, tirou os seios para fora da camisa e, do alto, espremia o leite, que resvalava pelas pedras e toldava as águas.

Sorria à medida que os peitos murchavam, julgando amamentar a criança.

Sublime alucinação materna!

Outrora, no Canadá, as mães desoladas, com os olhos erguidos para o céu, também se aproximavam lentamente do pequenino mausoléu e, suspirando o nome do adorado filho, espremiam sobre seu túmulo o leite que os devera nutrir!

A chorosa indiana vê os ventos balouçarem a aérea tumba de seu filho morto: no dia em que a criança adormece no último sono, ela se inclina sobre sua boca e espera o seu despertar.

Quando o sol doura três vezes a nuvem, tece-lhe um leito de flores e folhagem, prende-o ao ramo flexível, balança-o de leve e não percebe que embala um túmulo!

Joana erguera-se e, subitamente, lembrou-se de tudo: soltou medonho grito e disse, precipitando-se no sorvedouro:

- Filho! Filho!

Desapareceu, e dias depois descobriram o vestígio de seus pés na ribanceira e compreenderam que havia se suicidado.

Nenhuma lágrima, nenhuma prece pela pobre mãe cativa, que se libertara da vida e fora procurar o filho no seio da morte!

Dezoito Anos

Ana de Castro Osório

A tia Clara, essa adorável velhinha que fez há dias cento e quatro anos, teve também os seus dezoito—e por sinal, encantadores de frescura e graça.

Mal podemos crer isto, nós que a vemos hoje tão serena, tão identificada com a nossa vida, tão igual a nós pela lucidez do espirito, sempre d'uma inteligência e d'um interesse perfeitamente juvenil.

Eu adoro essa querida velhinha que não se envolveu nas recordações e remordimentos egoístas como n'uma antipática couraça eriçada d'espinhos.

Não! Ela recorda todo o passado, mas suavemente, sem comparações desfavoráveis para nós, como os velhos impertinentes costumam!... Relembra, levemente melancólica, os tempos longínquos da mocidade, tão distante aos nossos olhos, tão vivos ainda na sua memória.

A sua alma é um piedoso *Campo Santo* habitado pela saudade de todos os seus amigos, de toda a sua família mais próxima, que a um e um a foram deixando na velha casa senhorial, já em parte abandonada de grande que é!... mas o seu coração santíssimo vae florindo sempre jovem, amando com igual afeto todos os que de novo chegam à família...

Ah! Eu não me esqueço, minha boa amiga, da saudade reconhecida que me ficou na alma quando, a última vez que a visitei, a vi afastar-se lentamente na meia obscuridade do longo corredor. Seguia-a um ligeiro esvoaçar de recordações, toadas simples vindas de muito longe—os franceses, guerras, mortes, nascimentos, toda a sua vida singela passada na hereditária quinta perdida entre serras, onde os ecos do mundo devem ter chegado sempre esbatidos em meias tintas pálidas.

Tenho ainda no meu ouvido o som inolvidável da sua vozinha quebrada dizendo serena e sorridente: «assisti as últimas endoenças no convento de Maceira Dão!...» E tudo morto n'esse passado cheio de poesia, visto assim de longe, evocado pelo seu espirito bondoso!...

Mas a desvairada fuga aos franceses é que eu, mais do que tudo, gosto de lhe ouvir contar.

–Era uma tarde de fins de setembro, luminosa, quente ainda. O céu, todo em fogo no poente, flamejava n'um incêndio colossal–toda a alma da Pátria agonizante levantando para Deus a última esperança, no ultimo clarão de tiros ao longe.

«*Os franceses, os franceses!...*» Esse grito estridente como uivos de animais apavorados corria de boca em boca, era um sinal de fuga, de miséria, d'espanto geral.

O povo ignorante e bom voltava para o céu os punhos cerrados n'uma desesperada ameaça. Abandonado por todos na sua pátria invadida, agarrava-se a terra como a sua única defesa, o seu único amor, a única razão d'existir.

As mães uivavam de dor pelos caminhos, torciam os braços convulsos vendo do alto dos montes os filhos que partiam para a guerra. Outras estarreciam-se n'um silencio medroso...

Toda a alma portuguesa fremia n'um anseio de liberdade.

Os reis fugiam desprezivelmente covardes; os ricos ainda por vezes abriam os seus palácios em festa ao passeio triunfal dos invasores; só no povo era sem tréguas o ódio. Ele saberia resistir ou morrer! Miserável povo que sacudiu n'um ímpeto de revolta olímpica o jugo dos invasores e acurvou a cabeça humilde às exigências dos aliados! Desgraçada gente que não teve a hombridade de receber na ponta das suas baionetas ensanguentadas pelos inimigos os reis que o tinham abandonado nas horas más! Ingênuo povo que todos vão acordar em sobressalto quando o perigo bate à porta e de que todos se riem depois, quando não é já precisa a força do seu braço nem a fúria da sua coragem!...

Também a Fornos de Maceira Dão, a esse cantinho da Beira que parecia dever estar esquecido, guardado pelos matagais e serranias bravas, chegou o desvariado clamor, o tremendo grito:

«*Os franceses, os franceses!...*» a pôr em fuga toda a família da Clarinha–era assim chamada há oitenta e seis anos a minha boa tia Clara.

Ella era a mais nova das irmãs; fina, graciosa, d'uma palidez de reclusa, uma grande curiosidade perfulgindo nos seus olhos castanhos.

Ao saber da notícia o coração pulsou-lhe comovido n'uma inconfessada alegria... Qual de nós aos dezoito anos não compreenderá essa alegria? Não ter saído nunca do seu vetusto solar—salas e salas, quartos incontáveis, corredores tão compridos que é impossível conhecer quem vem ao fundo!... Os santos da capela doirados e ridentes seriam os seus mais queridos companheiros, aqueles que melhor compreenderiam a sua alma inquieta, sedenta de novo!... Se ela não havia d'estar alegre, no fundo, bem no fundo do seu coração, por essa fuga decidida que a ia tirar por algum tempo da monótona vida de todos os dias?!...

Era triste a existência da Clarinha, passada na miserável aldeia de casebres colmados, que rodeiam a quinta dos fidalgos como outrora as choupanas dos servos se encostavam medrosas às fortificações dos castelos feudais. As irmãs, casadas; os irmãos, passando a vida dos fidalgos daquele tempo, caçavam, namoravam as primas de vinte léguas em redor, estafavam cavalos e corriam as feiras.

De quando em quando, pelas festas do ano, cortavam o fastidioso correr da vida cavalgadas que chegavam ao pátio, primos e primas que se apeavam contentes abraçando a Clarinha, que alvoraçada os vinha esperar a porta. Então, dançava-se, passeava-se e, mais do que tudo, comiam-se jantares fenomenais e ceias luculianas[3].

Mal os hospedes saiam, a vida regulava-se tediosamente como de costume e apesar da família ser muita, passavam uns pelos outros como sombras na enormidade da casa. Quantas vezes, pelas agonizantes tardes d'outono, não atravessou ela

---

3 Relativo a ou próprio de Lúculo, brilhante orador, político e general romano (c106 a.C.-c57 a.C.); lucúleo. Lúculo tornou-se célebre por sempre sair dos combates com saques e exigências proveitosas; seu nome ficou historicamente associado à ideia de luxo e ostentação.

a quinta e subindo o outeiro em frente se foi sentar nos degraus do *Santo Christo*, fantasiando o mundo, sonhando com alguma coisa nova que a fizesse sofrer e viver?!...

Já então, como agora, como será d'aqui a muitos anos, a imagem do Christo era ingenuamente feita d'uma fealdade que espanta, escondendo-se no seu nicho branco, erguendo na tristeza da paisagem os braços misericordiosos de Deus moribundo perdoando sempre à humanidade que chora.

Como agora também, a Clarinha ouvia pela quebrada dos serros carros chiando carregados com as dornas para os lagares... Os bois olhavam 'na pensativos, sacudindo as cabeças filosoficamente, fazendo retinir as campainhas das coleiras de coiro que lhes cingem os cachaços robustos... Primitiva e sempre igual a vida passada n'aquele recanto de natureza agreste.

Que admira pois que a Clarinha ficasse intimamente alegre quando o medo aos franceses a atirou para longe— como um passarito engaiolado a quem de súbito abrissem as portas do cárcere e visse diante de si o luminoso espaço onde à vontade poderia bater as azas!?...

«*Os franceses, os franceses!...*» Era alguma coisa de vivo, e espirituoso e brilhante, que ela não conhecia, mas que a não assustava.

N'essa tarde luminosa de fins de setembro os cavalos esperavam no pátio desde muito e só a Clarinha, impaciente, estava montada. Toda a família partia: quarenta pessoas, entre velhos, mulheres, crianças e criados—que eram, patriarcalmente, uma continuação menor da família. Os homens válidos, os rapazes, esses lá andavam pela guerra, e bastante invejados pela Clarinha! Os velhos despediam-se chorosos. Arrancavam-se d'ali como quem tirasse d'um peito ainda vivo um coração sangrento. Fugia-lhes a vida em gemidos. Os cedros da quinta tinham para eles a magoada significação dos ciprestes da igreja, onde toda a sua família, desde séculos, ia dormir descansadamente; mais felizes eram esses...

Pela madrugada chegaram a Vizeu. Deserta a pequena cidade, de sombrias e tortuosas ruas. Os cavalos batiam rijamente nas calçadas, pondo em sobressalto os pacíficos habitantes. Abriam-se janelas a medo e caras enfiadas de susto espreitavam inquerindo: seriam os franceses?!...—Não, não eram ainda, mas gente que fugia d'eles!...—Então sempre era certo; vinham, vinham!...—E as janelas fechavam-se rapidamente como se quisessem espancar assim a visão dos franceses, monstros de pesadelo!

Caminhavam sempre. Em São Pedro do Sul, a mais risonha terra da Beira, um jardim que a natureza cultiva amoravelmente entre as rudes serranias beirãs, o mesmo pânico estampado em todos os rostos que entreviam—que raros eram! Um deserto que se fazia por toda a parte ao grito terrificante: «*Os franceses, os franceses!...*»

E esse grito de pavor perseguia-os sempre, como dobre a finados para os velhos e medo para as criancinhas—que imaginavam o papão formidável e negro levando os meninos nas garras aduncas! Só as mulheres, com o espirito mais vivo, mais aventuroso, começavam a achar deliciosa aquela correria louca diante do desconhecido. Para a Clarinha era sempre a mesma ideia:—eles seriam alguma coisa de vivo e espirituoso e brilhante, que ela não conhecia, mas que a não assustava!...

A noite caia muito fria, d'esse frio seco e cortante da serra. As estrelas brilhavam mais do que nunca, com um nervoso piscar d'olhos bonitos... Ella olhava-as, sonhando acordada! —Via um cavaleiro vestido d'oiro que levava pela estrada da via láctea todo um povo conquistador e belo... E uma águia enorme, com azas feitas de soes, cobria o mundo n'uma efabulação de luz!...

Alli tiveram que parar algumas horas. O pequenino irmão da Clarinha, o mais novo da família, a criança que ela amava já com entranhas maternais, ficou-lhe sem vida nos braços, morto quase repentinamente pelo frio e incomodidades da jornada. E esse pequenino corpo que em circunstancias normais ela teria chorado desesperada, cobrindo-o de beijos, saiu-lhe quase indiferentemente dos braços fatigados. Era a própria mãe que lhe dizia que não chorassem; era preciso fugir, fugir, fugir sempre: «*Os franceses, os franceses!...*» Era a própria mãe, tão extremosa, tão cheia de cuidados por todos, quem dizia aquilo!... Pasmava.

Bem certo é que as grandes dores se fazem pequenas quando não há tempo para as sentir. O medo é um grande consolador.

Ao saírem de São Pedro do Sul, entravam os franceses pelo outro lado. Algum destacamento perdido do grosso do exército, ou talvez esfomeados procurando viveres... Em todo o caso levando o pânico até onde chegava o ruido das suas vozes de comando.

E esse dia passado sem comer, porque apenas tinham levado um pão para cada um, não contando com o deserto em que tudo se encontrava, enervava-os, fazia-lhes alucinações, mal se podiam sustentar sobre os cavalos.

Chegaram à Trapa. Oh, a horrorosa terra! –Casitas negras e baixas, feitas de pedras soltas cobertas de colmo e telha vã, sem janelas nem frestas, uma única porta para dar luz e para a entrada. Mais pareciam tocas d'animais selvagens do que habitações de gente, n'um país civilizado.

O avô da Clarinha, apesar de velho a quase não poder mexer-se, viera deitado n'um carro de bois até ali; mas então desanimou:–que o deixassem, que o deixassem! Morria mais descansado. Os franceses não o descobririam n'aquela terra inculta que se debruça no abismo das montanhas e nem de longe se distingue da negrura d'elas; que fugissem, que fugissem depressa!...–E no egoísmo dos grandes perigos ninguém se lembrou de contradizer o velho. Ele era um estorvo na viagem; ficarem todos seria talvez a morte. Só a mãe da Clarinha ficou para acompanhar o sogro, que n'uma incoercível lagrima de saudade deliu todas as mágoas da sua última hora. Porventura ele revia n'esse momento único toda a sua vida passada:—a casa onde nascera e contara morrer, as arvores muito amadas... Festas de família, perfis de parentes mortos havia muito, casamentos, caçadas, pressentimentos de desgraça para os filhos e netos, que andavam na guerra...—Tudo isso se devia confundir, amalgamar, no aturvado animo do pobre moribundo.

Os outros continuavam a jornada passando por terreolas abandonadas, d'uma desolação infinita. Essa região montanhosa, largamente bosquejada, d'uma austeridade de contornos que limita a fantasia, tem sempre uma estranha beleza selvática, que intimida os mais alegres. Então, precipitadamente abandonada pelos seus bisonhos habitadores, devastada pelos fugitivos que passavam em caravanas, em famílias, um a um, como lobos perseguidos, tinha um aspecto quase trágico, macabro como um desenho de Doré, mas para eles tudo era bom, tudo divertia e alegrava na excitação da fuga. Aqui, tinham todos por cama uma casa térrea cheia de palha e de manhã acordavam cobertos com um frio e branco lençol de geada... Além, comiam feijões cosidos sem nenhum tempero e pão de cevada negro e pegajoso como o pez... E tudo suportavam alegremente no egoísmo brutal e profundamente humano—de viver e ter saúde.

Tias e primas da Clarinha, velhas senhoras habituadas a doce paz do chazinho conventual, suspiravam, lamentavam-se muito por o não terem tomado havia uns poucos de dias! Afirmavam—que antes queriam ficar sem pão. Deu-se volta aos alforges e n'uma algazarra cheia d'alegria cada um apareceu triunfante com sua coisa, que na precipitação da última hora ali tinha mentido sem saber para quê, sem mais se lembrar de tal. Havia chá, açúcar e água, até xícaras apareceram; mas onde a chaleira? Todos os olhos se dirigiram para a panela de barro negro onde se tinha cosido o caldo... Era a única coisa que havia e essa mesmo serviu; sem que ninguém se lembrasse d'aventar repugnâncias... E por essa noite frigidíssima de fins de setembro, n'uma casita negra esburacada, perdida entre serras e matas, elas tomaram o seu chazinho quente, que teve um sabor particular–nada bom a dizer a verdade–mas que lhes lembrou toda a vida.

Pela serra da Gralheira fora era um nunca acabar de risos e gritos alegres, quando um caia do cavalo, quando outro escorregava, e principalmente com as histórias do guia, o padre *Manuel da Trapa*. Era um bom homem rustico, folgazão e falador como poucos, um montanhês às direitas, português velho. Desprezava os franceses; não chegava mesmo a acreditar n'eles. Por sua vontade tinham ficado todos na *residência* e os tais franceses que aparecessem!...

Súbito, interrompendo uma história que ele ia contando aos da frente, um grito saiu dilacerante d'uma boca contorcida. Todos pararam ansiados, voltando a cabeça para traz. Aquele grito tinha vindo tão do fundo d'alma, revelava uma tal acuidade de sofrer, que a todos fez pulsar o coração pensando em que alguém tivesse rebolado pela montanha abaixo despedaçando as carnes pelos fraguedos! Não era isso, mas um sofrimento maior ainda, que gritava assim desesperado:–uma tia da Clarinha saltara do cavalo e, pálida de morte, estorcia-se no mais pavoroso inferno de dores! Estava grávida no ultimo período e todas aquelas comoções e sustos tinham apressado a crise. Que fazer? Olhavam-se todos aterrorizados, indecisos... Impossível parar n'aquele descampado, seria matá-la... E os franceses!?...

«Com trezentos diabos, isto não pode ser assim!»–gritava furioso o padre Manuel, sem nenhuma atenção nem sombra de delicadeza pelo sofrimento crudelíssimo da pobre mulher. Com uma voz que ele se esforçava por tornar ainda mais rude do que naturalmente era–para disfarçar o diabo d'um nó que se lhe pusera na garganta, explicava ele depois–mandou que lhe dessem a senhora que ele a levaria diante de si. A boa égua podia com tudo e depois–que diabo, já estavam perto da estalagem das Maçarocas, no caminho do Porto, bem conhecida por aquelas redondezas.

E lá continuaram a marcha, agora tristemente acompanhada pelos gemidos da infeliz criatura, que sofria cada vez mais.

Chegaram enfim a Carregal de Monhoce, uma insignificante aldeia quase desconhecida de todo. Em frente era o Bussaco; sentiam-se tiros ao longe; o que iria por lá?...

«*Os franceses, os franceses!...*» E a Clarinha, pondo os olhos na linha arroxeada e muito nítida da montanha fronteira, pensava n'eles... Nunca os vira, mas sonhara sempre com alguma coisa d'extraordinário e cintilante, que a não assustava no fim de contas!...

Terminada a guerra, tornaram pacificamente para a grande casa, que ela encontrou ainda mais sombriamente solitária. Muitos faltaram à chamada, no primeiro repasto d'expatriados que reviam o seu lar bem amado!...

E a Clarinha lá continuou a sua vida, a mesma, sempre cortada pelos mesmos incidentes de visitas e festas.

O Santo Christo era, como hoje é também para nós, o seu passeio favorito nas tardes melancólicas d'outono—estação de tristezas e desalentos, que morre lentamente em cada folha que se desprende das arvores, lagrimas silenciosas da natureza, que em breve será de luto, quando o inverno vier implacável... Em frente, a verde cortina dos pinheiros mansos esconde o antigo convento de Maceira Dão. Triste, bem triste, é hoje esse convento em ruinas onde a erva cresce em liberdade, atravessado por todos os ventos, por todas as chuvas; é quase um milagre estar ainda em pé! N'esses tempos, que tão remotos nos parecem já, como ele devia ser bonito! E a tia Clara, sentada nos degraus da capelinha, ouviria com um doloroso confranger de coração a austeridade do bronze chamando ao coro os bons frades cistercienses.

Aquele som lacrimoso devia repercutir-se de serra em serra como um soluçar de penitencia. Como ia longe, a tarde luminosa de fins de setembro, quando o grito «*Os franceses, os franceses!...*» afugentou e confundiu tudo!...

Mais tarde houve ainda um rasgão de luz na sua vida monótona: um novo clamor de guerra punha as almas em sobressalto. O grito de *liberdade* foi um rastilho de fogo que incendiou todas as cabeças. Os frades fugiram; os irmãos, os homens da família, foram todos combater por D. Miguel. Quando ele foi expulso, quando a guerra acabou tão frouxamente que a esperança continuou por largos anos no ânimo dos legitimistas, os irmãos da tia Clara recolheram à velha casa de província onde por muito tempo ainda se reuniram todos os fiéis partidários do rei absoluto que viviam nas Beiras e Trás-os-Montes.

Depois, tudo foi passando...

A morte e a vida vieram de mãos dadas terminar muita esperança, muita alegria, como enxugar muitas lagrimas com novas felicidades! Na memória dulcíssima da nossa adorável velhinha é que tudo vive intacto. Principalmente os longínquos factos da sua mocidade, e, entre eles, essa aventurosa fuga aos franceses—o que eu mais gosto de lhe ouvir contar.

Recorda a com tantas particularidades, com tal clareza de incidentes, que me enche d'admiração. Coisas passadas há menos tempo não as recorda ela tão nitidamente! Lembra o sinal vincado com a unha na passagem mais interessante d'um romance e que de folha para folha se vae conhecendo menos até desaparecer de todo.

Um dia perguntei-lhe também: «Tia Clara, que há de verdade no «Retrato de Ricardina», n'aquele romance de Camillo passado aqui tão perto?!...»

«Alguma coisa ha!... Bem tristes tempos eram esses!...» E a sua venerável cabeça branca inclinou-se umas poucas de vezes n'uma recordação que lamentava ainda—lagrimas vistas correr há muitos anos e nunca esquecidas!

A CIGANA

Maria Amália Vaz de Carvalho

Quando o gajeiro gritou do alto das vergas – terra! –toda a gente que vinha a bordo da galera Terrível sentiu uma grande e indefinida alegria.

Subiram uns para o tombadilho, outros deixaram-se ficar no convés, e os passageiros da proa, os mais pobres, encarrapitaram-se na amurada; começaram todos a olhar com uma ansiedade febril para a facha escura que a pouco e pouco avultava no horizonte.

A viagem tinha sido longa; a galera levara cinquenta dias a chegar do Rio de Janeiro.

Mas, todas essas penas, todo esse aborrecimento que assaltam o viajante que durante dias e dias não vê mais que o céu e o mar, desaparecem como que por encanto perante essa palavra mágica, solta pelo gajeiro – terra!

Os passageiros eram, na maior parte, gente de baixa condição e de ambições modestas: tinham sido no Brasil carroceiros, feitores de roça, carpinteiros e pedreiros.

Vinham com pouco dinheiro, mas traziam grande abundância de saudades; tinham sofrido, padecido longe da pátria, mas como ela os ia compensar de todas essas amarguras!

A alegria bailava em todos os olhos.

Ah! o capitão Navarro, apesar de ter feito aquela viagem cinquenta vezes, também vinha contente e esfregava as mãos, tomado de um júbilo desmedido.

Quando o piloto se correspondia com o castelo da barra, o capitão impaciente, mas sem perder o seu aspecto risonho e benévolo, perguntava:

– Deixam-nos ou não nos deixam entrar a barra?

– Estão-me agora a perguntar se morreu alguém a bordo.

– Ora essa! Morto estou eu por me ver em Massarelos. Querem ver que ainda temos que ir dar com os ossos em Vigo? Com mil bombas! Era o que me faltava agora!

Mas não aconteceu o que o capitão receava: do castelo fizeram sinal que a galera podia entrar, e foi com uma voz vibrante de entusiasmo e de um prazer intenso que o capitão comandou a manobra.

A galera como um cavalo que obedece facilmente à perícia de um ótimo cavaleiro, proejou a barra no meio das exclamações dos impacientes e saudosos passageiros.

A galera fundeou em frente de Massarelos.

No dia seguinte, já não havia ali senão parte da tripulação e um ou outro marinheiro que não tinha família e que olhava para os cães com repugnância e com desdém.

As capoeiras em redor do tombadilho estavam despovoadas. A roda do leme reluzia ao sol, parada, sem movimento, as tampas enceradas da meia laranja abriam-se como as asas de uma enorme borboleta em repouso, e as mangueiras de linho cheias, retesadas, levavam o ar à câmara e ao porão.

Um belo dia de agosto!

O capitão Navarro assistia ao descarregar sentado numa barrica de farinha de mandioca; o contramestre no portaló olhava mais lentamente para o Douro como quem procura enxergar uma coisa desejada e cubicada.

– Ainda nada? perguntou o capitão.

– Admira, capitão! Das outras vezes pouco se deixa esperar essa visita.

E com a mão em quebra-luz continuava a observar o movimento cios botes e das catraias.

De repente, a Cigana, uma cadela de fila que era o ídolo de toda a tripulação do navio, deu um salto, subiu as escadas do portaló, e alongando o pescoço, meneou festivamente a cauda e ladrou de contente...

Era um latir alegre e de boa feição, o latir que ouvimos aos cães das nossas casas, quando recolhemos depois de longa ausência.

– Espera! disse o contramestre, a Cigana tem faro. Aí vem a sua gente, capitão!

Navarro ergueu-se, olhou e viu um barco que, à força de remos, se dirigia para a galera.

– Até que enfim! disse o capitão, e desceu cheio de contentamento as escadas do portaló...

A cadela, vendo descer o dono, acompanhou-o e saltou ao mesmo tempo que ele para o interior do barco.

O contramestre olhava de cima aquele quadro e murmurava entre alegre e melancólico:

– Parece que é bom ter família e ter uma pequerrucha bonita como a do capitão que nos venha dar um abraço quando vimos de longe...

– Assim será, meu contra mestre, mas quando essa filha vem de luto, devendo vir vestida de cores alegres; quando ela nos vem dizer com a voz abafada em lágrimas e soluços – a mamã morreu! – não me parece que seja muito para invejar, meu rude celibatário, que não tens outro afeto senão pela tua galera e pelo mar, a quem confiaste a tua mocidade e a quem confiarás um dia o repouso do teu corpo!

De sorte que aquele momento tão apetecido pelo capitão foi-lhe amargurado pela notícia da morte da mulher.

Eram quatro os afetos do capitão: a mulher, a filha, a Cigana e a sua bonita e garbosa galera.

O primeiro afeto desaparecera, restavam-lhe ainda os três; não tinha muito que se queixar do destino: a galera ali estava capaz ainda de arrostar com sessenta viagens, a filha dependurava-se-lhe do peito amplo e largo, cheia de viço e de adorável meiguice, e aos pés de ambos, rojava-se latindo baixo a Cigana, acariciando-os com os olhos onde havia o indefinido das vagas, e como que um lampejo umedecido de uma ternura doce e humana.

A filha de Navarro, depois de haver chorado no seio do pai, abaixou-se e passou a mão pela cabeça da cadela.

– Quando partir de novo, papá, deixe-me a Cigana, sim? A mamã era tão amiga dela!

A Cigana, parecendo compreender aquelas palavras, endireitou-se, e pousando as patas no colo da menina, beijou-lhe carinhosamente as mãos...

Quando Navarro chegava do Brasil e ia passar algum tempo a Lessa com a família, levava sempre na sua companhia o seu querido animal! Imagine-se como este seria amimado, festejado e cheio de afagos quando souberam que uma vez no alto mar...

Não sei quantas milhas devorava nesse momento a galera.

Era meio-dia, fazia um sol de rachar, os marinheiros à proa comiam o rancho, e na tolda não estava senão o capitão, a Cigana, e o homem do leme.

O piloto fora buscar ao seu beliche um mapa que o capitão lhe pedira, e demorara-se mais que o tempo necessário. Navarro ergueu se do banco de vime e encostou se às grades da ré.

Como foi aquilo? Vertigem? Congestão cerebral?

Foi ele encostar-se à grade, estar ali coisa de dois ou três minutos, e de súbito borcar-se-lhe o corpo nas ondas...

O homem do leme viu aquilo, e aflitivamente exclamou:

– Jesus! acudam!

E quando os passageiros correram ao tombadilho e a tripulação veio saber o que sucedera, o piloto, pálido e assustado, mandou colher todo o pano; podia ver-se ao longe no meio das águas, que faiscavam e transluziam os raios do sol, um ponto negro e que pouco a pouco parecia afastar-se, afastar-se...

Os dois escaleres da ré foram descidos ao mar, e dentro deles os mais robustos dos tripulantes.

– A modo que ele não estava bom! disse o homem do leme. Que eu só reparei nele quando o vi no ar...

– Deitem-lhe a boia! gritou o contramestre.

Naquele momento de ansiedade, procurou-se a boia e não se encontrou.

O contramestre estava desesperado, as pragas mais violentas saíam-lhe em borbotões por entre os dentes, que apertavam estreitamente o tubo fumoso do cachimbo.

O navio afrouxara a sua marcha, contudo os escaleres ainda iam bastante longe do ponto negro que todos julgavam ser o capitão.

– Lá bom nadador é ele, dizia o contramestre, mas se há tubarões assim! e reunia os dedos em pinha.

Estendia os braços, dependurava-se da grade da popa, e com gestos ansiosos tentava animar os marinheiros dos escaleres.

– Força, rapazes!

No rosto de todos os passageiros lia-se um grande terror e uma pena profunda.

Era impossível escapar. O capitão apesar de bom nadador já estava velho e cansado, depois os tubarões...

Os marinheiros contavam casos horrendos que tinham presenciado, e em que figuravam esses assanhados tigres do mar.

– Valha-nos o senhor de Matosinhos! conclamavam num grito lancinante àqueles homens, que tantas vezes tinham lutado heroicamente contra as coléricas sanhas da tempestade, e que adoravam o bondoso velho, o seu capitão.

O ponto negro ia-se distinguindo mais nitidamente: às vezes afundava-se, outras vezes imergia-se; e enquanto os escaleres voavam, o contramestre continuava a gritar, posto que as puas vozes já não pudessem ser ouvidas pelos que iam em salvamento de Navarro.

Quando o vulto vinha a distância de uma milha o contramestre exclamou, afirmando a vista:

– Ou eu me engano, ou o capitão não vem sozinho... esperem! é a Cigana que traz a reboque o patrão!...

Era a Cigana efetivamente. Quando o velho caíra ao mar, o animal atirara-se logo atrás, e mergulhando conseguira apertar nos dentes as roupas do capitão, e desde esse instante nunca mais o largara.

Quando os escaleres se aproximaram dos dois, a pobre Cigana estava quase exausta e sem forças.

Arrancaram-lhe a custo da boca o seu querido fardo e ela continuou a nadar frouxamente sem poder resistir às ondas que a levavam de chofre de encontro aos escaleres.

Quis subir, galgar a borda de um dos escaleres, e não pôde, resvalou na água, ganindo dolorosamente, sendo preciso que um dos marinheiros a empolgasse com força, arrebatando-a assim à morte inevitável.

Da galera, aplaudiram a ação da Cigana, e quando ela e o capitão chegaram, não sei bem qual, dos dois foi mais abraçado.

– Bravo, Cigana! exclamou o contramestre, não há homem que te valha. Dá cá um abraço!

O capitão foi levado por dois marinheiros para a sua câmara, enquanto a Cigana, resfolegando alto, com os olhos embaciados, o corpo escorrendo água e todo trêmulo, tentava arrastar se para onde lhe levavam o dono.

Ora, aqui está porque a Cigana era tão querida e estimada na pequena e alegre casa do capitão em Lessa, e aqui está a razão porque a filha do velho e bondoso Navarro lhe pedia com tão amável meiguice que deixasse ficar a Cigana quando para a outra vez tivesse de fazer viagem.

Quando a galera Terrível partiu, não levava a bordo nem o capitão nem a Cigana. Por quê?

Se o leitor é pai diga-me, se no caso do capitão Navarro, teria forças de fazer-se ao largo e deixar sozinha uma filha de quinze anos, graciosa e encantadora.

Não tinha forças para tal, acreditamos.

Ao capitão sucedeu o mesmo. Despediu-se dos seus companheiros, chorou quando viu pela primeira vez a Terrível fazer-se de vela sem ele, mas ficou em terra.

Tinha saudades, isso tinha, do mar, da solidão majestosa das águas, da melancolia das horas da calma, das tempestades que, de vez em quando, o visitavam, mas fitava os olhos azuis da filha e bebia neles consolações que lhe amorteciam essas mágoas.

As vezes, saía de casa acompanhado pela Cigana, e ficava-se à beira do mar, observando os navios que passavam a distância, absorvendo a plenos pulmões o saudável ar marítimo, regalava-se conversando com os pescadores e com os embarcadiços, e nessas tardes recolhia mais alegre e com o corpo mais direito e rejuvenescido.

Outras vezes, ia num bote pelo ameníssimo rio Lessa acima, e nessas excursões levava quase sempre a sua querida Luísa, e quase sempre nesses passeios em que ele contava à filha as peripécias de toda a sua vida trabalhosa, encontrava-se com outro bote em que ia ao leme um rapaz de vinte anos, elegante e galhardo que o cumprimentava respeitosamente.

A terceira vez que aquele encontro se deu, o velho disse à filha:

– Não sei se conheço aquele rapaz? É o filho único de um meu antigo companheiro O pai está rico, está. Eu também por aquele preço podia estar como ele ou melhor. Que se ele tem muito de seu, a mim mo deve. Joaquim Antônio Ferreira, que depois foi feito Conde da Guaratiba, bem queria que eu fosse capitão de uma sua barca, recusei, porém, sempre, e apresentei-lhe um dia Gouveia, o pai desse rapaz, que afinal de contas depois de seis ou sete viagens felizes à África, deixa a vida do mar e foi um dos que mais lotes de escravos levava aos armazéns de Valongo... Ser rico à custa de tantas lágrimas não era para o filho do meu pai...

E aqui entrava o capitão a contar a Luísa coisas da sua mocidade, e absorvido nessas recordações não reparava que a filha seguia com a vista ansiosa o barco em que ia o herdeiro do milionário Gouveia.

Luísa amava, e amava com o primeiro e grande afeto de quinze anos.

Segregada das raparigas da sua idade, não tinha a quem confiar tantos e tão amantíssimos segredos: embriagada por aquele amor, deixava-se ir deliciosamente pela correnteza, sem medo de encontrar um dia a voragem que a tragasse, o abismo em que se lhe afundasse a honra e a vida.

Nunca tinha falado ao noivo da sua alma; via-o de longe, ora passar a cavalo pela rua em que morava, ora no rio quando o pai a levava aos costumados passeios.

Conhecia-o pelas cartas, que lia, relia e decorava, e a todas elas respondera, menos à última cujo conteúdo a trazia surpresa, enlevada, vibrante...

O não responder a essa carta era como que um assentimento a um pedido que nela se fazia.

O velho capitão nessa noite pedira à filha que lhe lesse uns livros de viagem. Luísa lia perfeitamente, com uma entoação harmoniosíssima, e dando com a voz um relevo maravilhoso à narrativa. O capitão, com o corpo reclinado na poltrona, o cachimbo apertado nos dentes, e a cabeça da Cigana nos joelhos, sorria na plena beatitude de um gozo indefinido. De vez em quando, acordava daquela deliciosa sonolência e emendava as incoerências e os enganos do escritor.

– Nada, nada, isso não é assim. Venham cá dizer-mo a mim, que passei por esse ponto mais de trinta vezes...

Às dez horas serviu se o chá, a Cigana foi levada para o quintal, e Luísa acompanhou o pai até ao limiar do quarto.

– Deus te abençoe, minha filha, disse o velho ao despedir-se, e beijou Luísa na testa.

– Hoje tenho pouco sono, papá, fico ainda a ler um bocadito na sala, se o papá quiser alguma coisa chame-me, sim? Vou acabar de ler este livro, acho o muito bonito. Gosto tanto da vida do mar!

– Filho de peixe sabe nadar, disse o capitão sorrindo com o divino sorriso dos pais, que se creem únicos senhores dos afetos dos filhos.

Passada meia hora, ouviu-se no quintal o ladrar contínuo, frenético e raivoso da Cigana.

O capitão gritou da cama:

– O que é aquilo, filha? A Cigana está hoje como nunca a vi. Vai sossega-la, se não tens sono, e prende-a. Naturalmente os pescadores saltaram-me à fruta. É o que é. Deixá-los lá, coitados! Estes dias tem havido pouco peixe. Não vá a Cigana fazer alguma das suas... Ora vai, anda, tem paciência... Eu não vou porque me sinto fatigado e esquisito hoje... A Cigana ouvindo-te, sossega...

Luísa desceu ao pátio.

Abriu com mão trêmula a cancela e encostou-se vacilante, agitada e convulsa ao muro. O ladrar da cadela cessara. Adiantou-se. No fundo do jardim sob a latada, um vulto cosia-se com a parede. A pobre menina levou as mãos ao peito, como para sossegar a doida violência do coração que parecia sufocá-la; quis falar e não pôde. O corpo vergava-se-lhe frouxo, mole, sem forças.

De repente saiu das sombras das árvores a Cigana, que se arrastou para Luísa, ganindo dilacerantemente, movendo com dificuldade a cauda, com a parte posterior do corpo quase paralítica, escorrendo-lhe da boca uma baba espessa, com os olhos dilatados desmedidamente...

Naquele olhar que a claridade da lua deixava distinguir havia um pedido, uma súplica.

– Cigana! exclamou Luísa.

Ouvindo aquela voz, a cadela, que se sustentava dificilmente nas patas dianteiras, ergueu ainda, por um supremo esforço, a cabeça, e, tomada de uma ânsia aflitiva, convulsionando-se-lhe o corpo num estremecimento instantâneo, soltou um gemido rouco, escabujou violentamente, e caiu morta aos pés da filha do capitão.

– A sua Cigana é muito má, mas ainda é mais gulosa, disse o vulto que se escondia sob a latada.

– Que mal lhe fez este animal, Sr. Gouveia? perguntou repreensivamente Luísa, estrangulando-se-lhe a voz na garganta.

– Boa pergunta! Não subisse eu tão depressa para o muro e estava asseado a estas horas! O demônio do bicho! Mas vinha prevenido, atirei-lhe uma bola, que lhe soube como se fosse manteiga. Ora deixe lá o cão, querida, não se faça piegas...

Luísa interrompeu bruscamente aquelas palavras tolíssimas, e endireitando o corpo, ergueu a voz quebrada pelas lágrimas:

– Saia, saia depressa; se não quer que o meu pai o venha aqui matar sem ser tão cobardemente como o senhor acaba de matar a minha pobre Cigana.

E enquanto o vulto marinhava pelo muro, a desditosa criatura abraçava a Cigana, e chorava como somente uma vez em vida chorara, quando lhe levaram para fora de casa o corpo da sua mãe.

– Cigana, minha pobre Cigana! repetia Luísa, fui eu que te matei!

Ao outro dia murmurava o capitão, fingindo-se sereno e forte para poder consolar a filha:

– Vão lá depois fazer bem... Eu mandava prender a Cigana para que não fizesse mal a ninguém, e pagaram-me desta forma!...

E o velho, para não chorar também, fingia que não reparava nas lágrimas que rolavam como pérolas pelo rosto descolorido e pálido da filha.

As Autoras

Maria Firmina dos Reis (São Luís, Maranhão, 11 de março de 1822 – Guimarães, 11 de novembro de 1917) foi uma escritora da época, considerada a primeira romancista negra brasileira. Maria Firmina dos Reis participou da vida intelectual maranhense: colaborou na imprensa local, publicou livros, participou de antologias, e, além disso, também foi musicista e compositora. A autora era abolicionista: ao ser admitida no magistério, aos 22 anos de idade, sua mãe queria que fosse de palanquim receber a nomeação, mas a autora optou por ir a pé, dizendo a sua mãe: "Negro não é animal para se andar montado nele." Chegou também a escrever um "Hino da Abolição dos Escravos".

Florbela Espanca (Vila Viçosa, 8 de dezembro de 1894 – Matosinhos, 8 de dezembro de 1930), batizada como Flor Bela Lobo, e que opta por se autonomear Florbela d'Alma da Conceição Espanca, foi uma poetisa portuguesa. A sua vida, de apenas 36 anos, foi plena, embora tumultuosa, inquieta e cheia de sofrimentos íntimos, que a autora soube transformar em poesia da mais alta qualidade, carregada de erotização, feminilidade e panteísmo. Há uma biblioteca com o seu nome em Matosinhos. António José Saraiva e Óscar Lopes na sua História da Literatura Portuguesa, a obra de Espanca "precede de longe e estimula um mais recente movimento de emancipação literária da mulher, exprimindo nos seus acentos mais patéticos a imensa frustração feminina das (...) opressivas tradições patriarcais."

Carmen Dolores, pseudônimo de Emília Moncorvo Bandeira de Melo (Rio de Janeiro, 11 de março de 1852 – 16 de agosto de 1910), foi uma escritora brasileira. Foi uma das escritoras pioneiras na luta pela educação da mulher e por seu valor na vida laboral. Não teve receios naquela época em ser a favor do divórcio. Sua obra mais famosa é A luta, livro de estética naturalista que foi publicado pela H. Garnier em 1911. Anteriormente fora publicado em folhetim pelo Jornal do Commercio em 1909. A escritora e crítica literária Lúcia Miguel-Pereira declara que "mais romancista é, sem dúvida, Carmen Dolores. A luta focaliza a instabilidade social e moral das mulheres que nem se resignam à sujeição da existência familiar, nem lhe querem perder os benefícios."

Júlia Valentim da Silveira Lopes de Almeida (Rio de Janeiro, 24 de setembro de 1862 – Rio de Janeiro, 30 de maio de 1934) foi uma escritora, cronista, teatróloga e abolicionista brasileira. Foi uma das idealizadoras da Academia Brasileira de Letras. Tem uma produção grande e importante para a literatura brasileira, de literatura infantil a romances, crônicas, peças de teatro e matérias jornalísticas. Foi casada com o poeta português Filinto de Almeida, e mãe dos também escritores Afonso Lopes de Almeida, Albano Lopes de Almeida e Margarida Lopes de Almeida.

Maria Benedita Câmara Bormann (Porto Alegre, 25 de novembro de 1853 – Rio de Janeiro, julho de 1895), conhecida pelo pseudônimo Délia, foi uma cronista, romancista, contista e jornalista brasileira. Délia foi o pseudônimo adotado por Maria em sua carreira literária durante as derradeiras décadas do século XIX. Extremamente talentosa, alegre e irônica, publicou além de crônicas, folhetins e pequenos contos nos principais veículos informativos do Rio de Janeiro, entre 1880 e 895, entre eles O Sorriso e O Cruzeiro. Escreveu em estilo refinado e elegante e, para os críticos, foi chocante e erótica.

Ana de Castro Osório (Mangualde, Mangualde, 18 de junho de 1872 – Sé, Lisboa, 23 de março de 1935) foi uma escritora, especialmente no domínio da literatura infantil, jornalista, pedagoga, feminista e ativista republicana portuguesa. Para além do título de criadora da literatura infantil portuguesa, é lhe reconhecida uma extensa e intensiva recolha dos contos da tradição oral do país, e a tradução e publicação de vários contos dos irmãos Grimm assim como muitos outros autores estrangeiros de literatura para crianças. A Ana de Castro Osório ainda se deve a compilação, organização, edição e publicação de "Clepsidra", o único livro de Camilo Pessanha, em 1920, na editora por ela criada, Lusitânia.

Maria Amália Vaz de Carvalho (Lisboa, 1 de Fevereiro de 1847 – Lisboa, 24 de Março de 1921) foi uma escritora polígrafa e poetisa, ativista feminina, autora de contos e poesia, mas também de ensaios e biografias. Colaborou em diversos jornais e revistas, publicando crónicas de crítica literária e opiniões sobre ética e educação, para além de ter analisado a condição e o papel da mulher na sociedade do seu tempo. Foi a primeira mulher a ingressar na Academia das Ciências de Lisboa, eleita em 13 de Junho de 1912.

www.ingramcontent.com/pod-product-compliance
Ingram Content Group UK Ltd.
Pitfield, Milton Keynes, MK11 3LW, UK
UKHW021939190726
13853UKWH00004B/1533